VERLAG ANTJE
KUNSTMANN

Véronique Olmi

Das Glück, wie es hätte sein können

Roman

Aus dem Französischen
von Claudia Steinitz

Verlag Antje Kunstmann

Für die Söhne

Nous étions faits pour être libres
Nous étions faits pour être heureux.

LOUIS ARAGON

Ist doch dann die ganze Erkenntniswelt nicht diese Kindertränen zum ›lieben Gottchen‹ wert! Ich rede nicht von den Leiden der Großen. Die haben den Apfel vom Baum der Erkenntnis gegessen und – zum Teufel mit ihnen, aber die Kinder, die Kinder!

FJODOR DOSTOJEWSKI, *Die Brüder Karamasow*
(Deutsch von E. K. Rahsin)

18. Oktober 2012

DA IST ER, vor mir, auf der Place des Abbesses. Er sieht mich nicht. Der Kragen seines Mantels ist hochgeschlagen, er trägt die braunen Lederhandschuhe, seinen Hermès-Schal. Die Lampen am Karussell werfen grelle und farbige Lichter auf sein Gesicht, betonen seine Augenringe und die Falten auf der Stirn. Manchmal hebt er die Hand, um auf das »Huhu« von Chloé zu antworten, die auf einem Holzpferd sitzt.

Er lächelt, aber das Karussell hat sich schon weitergedreht, Chloé sieht ihn nicht, und sein Lächeln wird nackt, geradezu erbärmlich unter den schwebenden Lichtern.

Er setzt sich auf eine Bank. Zündet sich eine Zigarette an. Er spreizt die Beine, lässt die Arme zwischen den Knien herunterhängen, schaut auf etwas vor seinen Füßen.

Oder schaut nicht.

Das Karussell dreht sich immer noch. Die Kinder kreischen vor Freude, und der Nebel wogt vor ihren Mündern, der Wind fährt in ihre Haare, ich denke zwei Dinge: Diese Kinder bekommen noch eine Ohrenentzündung. Und: Ich könnte den Mann auf der Bank ansprechen und mit ihm fortgehen.

Noch einmal.

Aber das Karussell hält an, die Runde ist vorbei.

Der Mann zerdrückt seine Zigarette, steht von der Bank auf, um seiner Tochter vom Holzpferd herunterzuhelfen. Er hebt den Kopf und sieht mich. Erstarrt. Sein Kind auf dem Arm. Seine Augen weiten sich, er ringt nach Luft. Chloé klammert sich an ihn, beugt seinen Nacken, zieht an seinen Schultern, seinem Schal.

Ich winke kurz. Bevor ich gehe.

20. September 2011

DAS ERSTE MAL. Natürlich muss man das erste Mal erzählen, selbst wenn man es nicht weiß. An jenem Tag wusste ich nicht, dass ich Serge begegnet war, dass sich etwas in Bewegung gesetzt hatte. Erst nachher versteht man, fragt sich, ob der andere uns gesehen, ob er etwas gespürt hat, man weiß nicht, was, etwas anderes, wie wenn wir straucheln und den Boden aus einer anderen Perspektive sehen.

An jenem Morgen wusste ich nur, dass es warm war. Der Himmel machte Lust zu rennen. Ich mochte den Weg die Rue Lepic hinauf, im frischen Herbstlicht, das blasse Gelb an den Mauern, die Farbe der Weintrauben in den Auslagen. Es war zehn Uhr, ich war unterwegs zur Rue de l'Abreuvoir, in Jeans und Turnschuhen, so wie ich mich immer zum Arbeiten anziehe, mein Köfferchen in der Hand.

Vor der Holztür der Nummer 8 klingelte ich an der Sprechanlage: »Hier ist Suzanne, die Klavierstimmerin.« Lucie antwortete mit ihrer hohen, höflichen Stimme und drückte den Öffner. Vielleicht hätte sie es nicht tun sollen. Ich stieß die Tür auf und lief gegen einen Mann mit eiliger und gereizter Miene, dessen Rasierwasser stark roch, aber gut zu dem Dreiteiler passte. Blitzschnell musterte er mich in meinem Klempneraufzug von Kopf bis Fuß, warf mir das gezwungene Lächeln eines höflichen Mannes unter Zeitdruck zu und trat zur Seite, um mich vorbeizulassen.

Seine Frau erwartete mich an der Haustür.

ES WAR EIN NEUES KLAVIER, und ich kam zum ersten Mal. Lucie war so erleichtert, dass ich es stimmte, als käme ich, um jemanden von einem heftigen Fieber zu heilen, das ihn am Leben hinderte. Ich beglückwünschte sie zu ihrer Wahl, ein Bösendorfer Stutzflügel, der noch nie gespielt worden war und auch nie sein ganzes Potenzial offenbaren würde: Lucie wollte, dass ihr achtjähriger Sohn spielen lernte, sie erwähnte es nebenbei, eine zeitweilige, aber dennoch künstlerische Beschäftigung. Der Bösendorfer glich einem geknebelten Riesen. Ich erklärte Lucie, dass es lange dauern würde, ihn zu stabilisieren, dass ich noch mindestens zweimal wiederkommen würde, sie lächelte mit der Zufriedenheit der Eigentümerin, die die Sorgfalt zu schätzen weiß, mit der man teure und kostbare Dinge behandelt. Sie mochte sorgfältige Arbeit, vor allem die der anderen; sie selbst war anscheinend nur damit beschäftigt, diese Arbeit zu bewundern und sich darum zu kümmern. Sie fragte mich, ob es mich stören würde, wenn sie mir beim Stimmen zusah, sie würde mich überhaupt nicht stören, ob ich Tee wolle; ich sagte Nein. Sie störte mich nicht, und ich wollte nichts trinken. Ich wusste nicht, wie das Klavier reagieren würde, wenn ich den Schlüssel ein erstes Mal drehte, ich wollte mich nähern, ohne es zu verletzen, und nachdem ich es geöffnet hatte, spürte ich etwas Lampenfieber. Ich lauschte, wie es klang, etwas metallisch und distanziert, es hielt seine Kraft zurück.

Lucie blieb neben mir. Sie verfolgte das Stimmen ohne das geringste Zeichen von Überdruss, sie hatte eine so starke Präsenz, dass ich mich fragte, in welcher Zone ihres Geistes sie die Ressourcen fand, um sich so zurückzunehmen, sich so perfekt zu beherrschen, obwohl sie doch ganz offensichtlich ein junges, robustes und kampflustiges Fohlen war.

Bereits an jenem Tag war ich Serge begegnet. Schon seltsam, wie ein Nichts ausreicht, damit ein Leben verstimmt wird, damit unser so einzigartiges, so kostbares Dasein seine Harmonie und seinen Wert einbüßt. Als bestünde es aus Luft und nichts anderem. In diesem Haus lebte ein Mann, von dem ich nichts wusste, nichts kannte, außer der Frau und dem Klavier, ein Mann, dessen Rasierwasser zu süß, dessen Anzug zu dunkel war, und bevor wir uns begegneten, wussten wir es nicht, aber wir hatten beide nichts anderes getan, als auf schmalen Holzbrettern über den Sumpf zu laufen.

ICH SITZE AUF DEM SOFA im Wohnzimmer, mit Antoine, meinem Mann. Wir haben uns unseren Tag erzählt, ganz kurz, das Wesentliche, meinen wir, nach dem Konservatorium habe ich drei Klaviere gestimmt, das in der Rue de l'Abreuvoir und zwei andere am Nachmittag, ich bin früh nach Hause gekommen, ich habe eingekauft und Lachs in Alufolie gemacht, dabei ein Glas guten Wein getrunken, ganz einfach. Das mag ich. Der Tag erledigt. Und in Ordnung.

Das nachlassende Licht hielt sich bis halb acht, ich genoss diesen Aufschub vor der Traurigkeit der Tage, die bald schon am Nachmittag enden würden, vor der Kälte und den gemeinsamen Vorbereitungen der Feiern zum Jahresende, mit der Beklemmung, die durch das Gedränge nicht kleiner wird, sondern immer mehr anschwillt.

Die Routine kann eine Zuflucht sein. Auf dem Sofa im Wohnzimmer mit Antoine denke ich an nichts, ich fühle mich wohl. Wir essen den Lachs beim Fußballgucken. Antoine hasst Fußball. Ich auch. Er geht vor mir ins Bett. Wenn ich ihm folge, erzähle ich ihm noch das Spiel, um es ganz schnell vergessen zu können. Leise, mit gequältem Ernst spricht er mir nach:

»Sehr schönes Tor von Benzema, gefolgt von einem Tor von Malouda.«

»Sehr schönes Tor von Benzema, gefolgt von einem Tor von Malouda.«

»Es geht um die Qualifikation für …? Streng dich an, Antoine.«

»Die Weltmeisterschaft.«

»Nicht doch! Die EM 2012!«

»EM 2012 … EM 2012 … Jetzt reicht's!«

Antoine arbeitet in einer Autowerkstatt in La Garenne-Colombes. Seine fehlende Leidenschaft für Fußball ist ein echtes Handicap, seine Kollegen denken, er sei ein Snob, er wolle nichts mit ihnen teilen, weder die Zigaretten in der Zigarettenpause noch die Spielkommentare. Antoine raucht nicht, aber er macht mit ihnen Pause und lügt, um sich zu integrieren.

SERGE SITZT GERN IN SEINEM AUTO. Es ist sicher, schön und teuer. Es riecht gut, es gehört ihm. Hinter den getönten Scheiben sieht ihn niemand, er sieht alle; ist das nicht der beste Platz, wie wir ihn uns alle wünschen? Er hört Natalie Dessay Mozart singen, er zündet sich eine Zigarette an, niemand nervt ihn, niemand spricht mit ihm, niemand fasst ihn an, niemand fragt ihn nach seiner Meinung, er hat keine Meinung, trifft keine Entscheidung, sein Mobiltelefon ist ausgeschaltet. Um ihn herum sind Straßenkehrmaschinen, die nasse Hundekacke auf die Passanten schleudern, vollgestopfte Busse, Gerüste vor Fassaden, die gereinigt werden, Arbeiter, die, an ihre Presslufthämmer geklammert, zittern, Leute, die aus der Metro, dem Bistro, einem Haus kommen; ist das so wichtig, fragt sich Serge, all die Tage, die man ausfüllt? Er fühlt sich steif, steckt in einem sauren Nebel, heute früh ist er zu spät aufgestanden, er ist nicht gelaufen, was für ein Schuldgefühl, in diesem Septemberlicht sein Jogging nicht geschafft zu haben; seit einiger Zeit hat er Mühe, früh aufzustehen, und heute morgen ist er so steif wie ein altes, salzzerfressenes Tau; er würde sich gern massieren lassen, damit sich sein Körper entspannt.

Er kommt nach den anderen in die Agentur, das ist gut, er ist schließlich der Chef und hat keine Lust, das Eisengitter mit dem Schloss unten und die Ladentür aufzumachen, die Rollos hochzuschieben, die Computer einzuschalten, diese Routine eines Büroangestellten oder Gemüsehändlers macht ihm Angst; Ansichtskarten in der Küche, Topfpflanzen auf den Fensterbrettern und Post-its an den Rechnern hat er verboten. Seine Immobilienagentur in der Avenue Georges-Mandel verkauft nur Luxusgüter, und er will, dass man sich dort vor jeder Vulgarität, Gleichgültigkeit und Pfuscherei sicher fühlt, dass man sie betritt, wie man eine Bijouterie an der Place Vendôme betritt: eine weiche Blase, in der man sich bereits an der Art erkennt, wie man Guten Tag sagt, auf diskrete Weise behaglich, ein kleines Wohlfühllächeln in den Mundwinkeln. Wenn er im Büro ist, wird er als Erstes einen Termin mit seinem Osteopathen vereinbaren.

AM NÄCHSTEN TAG musste ich auf Mathieu warten, das hasse ich, und ich habe ihm als Erstes die Leviten gelesen: Wie kann ein sechzehnjähriger Junge am ersten Tag seines Praktikums zu spät kommen? Ich war wütend, aber nicht erstaunt: Die Praktikanten, die ich ausbilde, sind alle in seinem Alter, und die wenigsten sehen morgens um sieben nicht so empört aus, als hätte man sie gerade aus der Hängematte geworfen. Manchmal fühle ich mich alt, wenn ich immer wieder dasselbe wiederhole: »Ein Klavierstimmer muss so genau und pünktlich sein wie ein Fluglotse!« Mathieu lachte und sagte, dass der Vergleich hinke, schließlich müssten die Fluglotsen über ein sehr gutes Sehvermögen verfügen, während Klavierstimmer oft blind seien. Ich fragte ihn, ob er gefrühstückt habe, er antwortete mir, er esse morgens nie etwas, sonst komme er zu spät. Ich befahl ihm, seine Mütze richtig herum aufzusetzen, hatte man ihm das in der Schule nicht beigebracht? und wir gingen ins Konservatorium.

Ich merkte, dass er nicht so war wie die anderen, als er mir sagte, er sei superfroh, zu Fuß zu gehen. Ich verstehe nicht, wie man in Paris Auto fahren kann. Ich verstehe nicht, dass man keine Lust haben kann, den Atem der Zeit zu spüren, dem Leben den Puls zu messen, zu sehen, was es uns bietet. Wenn man durch Paris läuft, passiert man mehrere Grenzen, man überquert eine Brücke, einen Boulevard, und alles ändert sich, die Landschaft und die Bewohner, auch wenn die Menschen überall ein Gedanke eint: Es wird schon. Ich schaffe das schon. Es gibt keinen Grund, weshalb es nicht klappen sollte. Wir sind alle unter denselben Bedingungen geboren: Wir haben den Kopf rausgestreckt und uns darauf vorbereitet zu rennen. Wir haben getrunken, wir haben gegessen, wir haben zugenommen, mit einem einzigen Ziel: durchstarten. An dem Morgen sah ich Mathieu an und sagte mir, dass vielleicht doch er recht hatte: Bei der ersten Begegnung zu spät zu kommen, gibt gleich den Ton an. Er lief neben mir her und lächelte, ich weiß nicht, warum; alles schien ihn zu amüsieren und zu interessieren, er kam von der Schule in Le Mans, vielleicht entdeckte er Paris oder fand es wieder, mit dem Stolz, den wir alle empfinden, hier zu wohnen, dem Gefühl, dass diese Stadt so schön ist, weil unsere Leben hier in ihrem Rhythmus schlagen. Mathieu war so groß und stämmig, dass wir nicht nebeneinander gehen konnten, manchmal stießen seine Schultern gegen Passanten, die schimpften, aber nicht doll. Ich habe keine Kinder, ich werde auch keine haben. Seit einigen Jahren könnten die Praktikanten, die ich für die Abschlussprüfung als Klavierstimmer vorbereite, meine Kinder sein, und ich sage mir, dass es seltsam sein muss: ein Baby zu haben und dann eines Tages nicht mehr nebeneinander auf dem Bürgersteig gehen zu können.

Ein paar Tage zuvor hatte ich Serge getroffen. Ohne es zu wissen, denn wir treffen so viele Menschen; warum sollte man sich alle Männer merken, gegen die man prallt, alle Türen, durch die man geht, vorbei an denen, die hineingehen, und denen, die herauskommen, die in der entgegengesetzten Richtung leben; warum sollte sich ein Einziger plötzlich langsam aus dem Strom lösen und einen ansprechen, und hätte er dann wirklich etwas Neues zu sagen? Hat man nicht schon alles gehört, die Höflichkeitsfloskeln und dann das vorsichtige Herantasten, die kreisende Annäherung an den anderen, seinen Familienstand und seine Privatsphäre, das Lauern auf den Moment, wo der Panzer bricht, sich Schwachpunkte und Gemeinsamkeiten zeigen? Hat man Lust darauf? Hat man dafür noch genug Appetit und Hoffnung?

»DAS HÄNGT NATÜRLICH DAVON AB, was Madame sucht«, sagt Serge lächelnd, ein vertrauliches, an Madame gerichtetes Lächeln, denn er hat sofort begriffen, dass sie zahlen wird und nicht der junge Mann neben ihr, der hat nicht die Sicherheit desjenigen, der gleich die Kreditkarte aus der Innentasche seines Armani-Anzugs zieht; der Anzug ist vielleicht Armani, aber zu groß für ihn, Madame wollte ihn wahrscheinlich überraschen, wollte ihn neu einkleiden und lag daneben, macht nichts. Es ist einfach nicht die richtige Größe. Madame seufzt etwas verlegen, sie spielt das kleine Mädchen; da sie ja bezahlen wird, muss sie dem jungen Mann wohl ein Zugeständnis machen, ihn glauben lassen, sie sei hilflos, brauche seinen Rat; vielleicht ist sie auch nicht die starke Frau, die sie zu sein glaubt. Serge schaut unwillkürlich auf die Uhr, er hat schreckliche Kopfschmerzen, er wird seinem Osteopathen davon erzählen, von der Angst, dass die Augenmigräne wiederkommt und ihm das Leben vergällt, jede andere Krankheit, verstehen Sie, aber nicht das! Ich will gern Magenschmerzen, Hämorrhoiden oder Halsarthrose haben, aber nicht diese gottverdammte Augenmigräne; wie soll ich denn fahren oder lesen, wenn das losgeht, dann sehe ich nichts mehr, nur die zitternden Fäden, die

Lichtkreise, als hätte ich direkt in die Sonne geblickt, genau, und ich habe ständig Angst, dass es wieder anfängt, es überkommt mich irgendwo, ein Dolchstich in den Rücken, mein Leben hält an, ich kann nichts machen, mich nur übergeben und im Dunkeln hinlegen und zittern wie ein Köter, der aus dem Wasser kommt.

»Das ist ungewöhnlich, ich weiß, aber ich bin eher der Land- als der Meertyp … Ich liebe die Gartenarbeit, ja wirklich, ich liebe sie, das ist meine Leidenschaft!«

Serge lächelt mühsam und verspricht Madame, dass sie nicht enttäuscht sein wird, der Garten sei zwei Hektar groß, auch Monsieur werde zufrieden sein, das Meer sei nur zwanzig Kilometer entfernt, und er legt die Hand auf die Stirn, seine Finger zittern, seine Haut ist feucht, warum war er heute früh nicht joggen, warum ist er so spät aufgestanden, und der junge Mann küsst Madame die Hand, »danke Maman, danke liebe kleine Maman«. Serge überlegt sich, dass er den Termin mit dem Osteopathen vorverlegen muss, normalerweise irrt er sich nicht beim Profil seiner Kunden, er ist am Rande der Krise, er spürt es an dem nebligen Abstand, der sich zwischen ihn und die anderen legt, dem Hall, den ihre Stimmen haben, bald werden die Lichtflecken auftauchen, ganz sicher. Er klickt auf seinen Computer, macht einen Besuchstermin mit Madame und ihrem Sohn, »das ist die wahre Bretagne, Sie werden sehen, das Herz der wunderbaren und so herrlich belebenden Bretagne«, und er begleitet sie zur Tür, meidet die Lichtreflexe auf den Fensterscheiben, die Scheinwerfer der Motorräder, als er die Tür aufmacht, und der

Himmel ist voller Licht, er starrt auf seine Schuhe, da flüstert Madame ihm ins Ohr: »Ich liebe es, wenn er mich Maman nennt!«, und dann ihr kleines Lächeln voller Lippenstift und Speichel, Serge lacht kurz, aus Solidarität, aber seine Kehle ist trocken, und in seinem Kopf haben die Presslufthämmer ihre Arbeit aufgenommen.

AM ABEND GEHT ES SERGE BESSER. Der Osteopath hat ihn länger als eine Stunde geknetet, gewalkt, verrenkt wie eine Stoffpuppe, er hat es voller Vertrauen mit sich geschehen lassen, wie nie zuvor. Er mag die Vorstellung vollkommener Hingabe. Des Wahnsinns, einen Fremden deinen Körper nach Belieben verrenken zu lassen und keinen Widerstand zu leisten, keine Befürchtung, keine Regung des Misstrauens zu wagen. Als Serge die Praxis des Osteopathen verlässt, ist er voll sanfter Wärme und in eine unsichtbare Decke gehüllt, die ihn vor den anderen schützt, und das ist noch besser als hinter den getönten Scheiben, denn jetzt kann er neben ihnen herlaufen, ohne sich als einer von ihnen zu fühlen. Der Osteopath empfiehlt, nach der Sitzung zu laufen, Serge gehorcht und mischt sich in die Menge, die ihm so fremd ist, diese schwere Wärme der sich bewegenden Körper, der Geruch ihrer Haut und ihres Schweißes, ihr Gang ohne jede Eleganz, das Mobiltelefon am Ohr, armselige Worte, die nichts sagen, Ich werde etwas zu spät kommen, Wo bist du gerade?, Hör zu, du wirst es nicht glauben, Verdammt noch mal, ich hatte doch gesagt, du sollst mich nicht zurückrufen … Das wird vorbeigehen, geht schon vorbei, Wut, die sich auflöst, Worte ohne Überzeugung und Botschaften, die sich verflüchtigen.

Es ist sieben, der Abend bricht mit der Kälte herein, Paris wird grau, und die Statuen wirken plötzlich so alt. Die Dunkelheit verwischt die Zeit, das könnte Montmartre irgendwann sein, die bald schon stinkreichen *Peintres maudits*, der Zweite Weltkrieg und die Razzien in den Schulen, die Befreiung oder die Wahl Mitterands; Serge mag es nicht, wenn sich die Karten vermischen. Ihn daran erinnern, wie sehr er kämpfen musste, wieder und wieder, damit nichts mehr von seiner Vergangenheit übrig blieb. Ohne nachzudenken, legt er in einer unwillkürlichen Regung die Hand an die Brust, dorthin, wo seine Brieftasche ihn beschützt, die großen Scheine und die Gold-Karten. Diese Autonomie, keinen Dritten zu brauchen, ist das Einzige, was ihm Sicherheit gibt: Die Summen, die neben seinem Namen stehen, sind die Zahlen der absoluten Unabhängigkeit. Er bleibt beim Blumenhändler stehen und stellt einen Strauß für seine Frau zusammen. Er gibt die Lieferadresse an, er ist kein Mann, der mit einem Strauß in der Hand herumläuft, wie ein Schwiegersohn auf dem Weg zum Abendessen bei der Schwiegermutter, ein schüchterner Verliebter oder ein mittelloser Sankt Valentin. Außerdem liebt es Lucie, Lieferanten die Tür zu öffnen, man kann sogar sagen, dass es Lucies Hauptbeschäftigung, ihr Hobby ist, Lieferanten die Tür zu öffnen, Möbel, Teppiche, bei Drouot gekaufte Gemälde; Lucie hat immer ein Schälchen voller Münzen für das Trinkgeld bereit. Sie ist eine fröhliche Frau. Begeistert. Die gern die Tür ihres Hauses öffnet, sie hat daraus »ein Wunder gemacht, was für ein Talent«, wie ihre Freunde sagen. Und der Flügel, auf dem Théo, ihr kleiner Sohn, spielen lernen soll, macht sich gut im Salon, aber wenn Serge nach Hause kommt, hört der Kleine sofort mit seinen Tonleitern auf, er weiß, dass sein Vater es nicht erträgt. »Davon kriege ich Migräne!«, sagt Serge, noch bevor der Junge Zeit hatte, den Hocker auf seine Höhe einzustellen. Dabei hat er sich überreden lassen, er hat ein Vermögen für diesen Stutzflügel bezahlt, der das alte Klavier ersetzt, das Lucie einer Nachbarin abgekauft hatte, die an die Côte d'Azur gezogen war. Er kann Lucie nichts verweigern, sie ist schön und dreißig Jahre jünger als er; das ist im Grunde die einzige Schuld, die er auf dieser Welt hat, das Gefühl, sie für all die Jahre entschädigen zu müssen, die er ihr stiehlt, und für alles, was er ihr verschweigt, wie man einem Kind all seine Ängste verschweigt, weil man es für seine Unschuld liebt.

Als er an diesem Abend das Gartentor öffnet, riecht er die Frische der Blumen, die sich geschlossen haben und bald sterben werden, den Duft der Linde, die ihre Blätter verliert und dem Gärtner so viel Arbeit macht, und als er einen Schritt zur Seite macht, um der schwarzen Katze auszuweichen, die zwischen seinen Beinen hindurchschlüpft, hat Serge die flüchtige Erinnerung an irgendetwas. Oder irgendwen. Eine Bewegung. Eine Gestalt. Suzanne vielleicht, an diesem Morgen … Aber er weiß es nicht. Es ist eine ungreifbare Erinnerung, das Gefühl eines seltsamen, flüchtigen Traums.

In seinem Haus brennen alle Lichter. Einander gegenüber sitzende Silhouetten führen hinter dem Vorhang ein Schattenspiel auf. Lucie hat wieder mal eine Soiree organisiert. Serge macht die Krawatte ab, ehe er hineingeht, und denkt, wie blöd es war, dass er sie nach der Sitzung beim Osteopathen wieder umgebunden hat.

SERGE LACHT, er weiß nicht, worüber. Alles ist so schön in seinem Haus, ein sichtbarer Luxus, wie ein Geschenk. Er kann wirklich stolz sein, er ist es auch; manchmal sagt er es sich, gratuliert sich mit leiser Stimme, spricht sich Mut zu … Dann findet er das alles doch ein bisschen lächerlich. Es ist wie eine Münze, die man wirft, Kopf oder Zahl, woher soll man wissen, ob das Leben strahlend oder erbärmlich ist, woher weiß man, ob man es geschafft und ob es sich gelohnt hat? Aber mein Gott, er hat zwei kleine Kinder, so schön, so unschuldig; Serge stellt sein Glas hin und drängt sich durch die Gäste, Männer, die laut reden, und zarte Frauen auf zarten Absätzen, sie sind wirklich schön, sie haben alles an sich gerafft, denkt Serge, Schönheit, Kohle, Freude … Entschuldigung … Entschuldigung … Serge riecht ihr Parfum, jetzt am Abend mit Schweiß vermischt, ein gepuderter Schweiß, der nichts mit dem anderen zu tun hat, Rost und Salz, Entschuldigung … Entschuldigung … Serge lächelt unaufhörlich, er sieht wahrscheinlich aus wie der Joker bei Batman, Entschuldigung … Endlich kommt er in den blassvioletten Flur, wo alles sanft ist, der Teppichboden und die Wände, und an dessen Ende die beiden Zimmer liegen, das blaue für Théo, das rosafarbene für Chloé, und die farbigen Lampen, die im Duft eines schlafenden Kindes ihr sanftes Licht verbreiten.

Serge ärgert sich, dass er nach Rauch und Alkohol stinkt, er traut sich nicht, den Kopf an Chloés kleinen warmen Hals zu legen, wo ist sie, fragt er sich, was wird aus ihr werden, sicher eine zarte Frau auf zarten Absätzen, die vorhersehbare Verwandlung. Chloé wird nach ihrer Mutter kommen und niemandem sonst. Das wird gut sein. Aber wo ist sie, fragt er sich wieder; er würde so gern an ihrem Traum teilhaben, im Atem des Schlafes sein, in einer Welt, die nur fünfeinhalb Jahre alt wäre, mit Augen, die das schöne Haus in Montmartre und die zwei Straßen entfernte Schule gesehen haben, und das ist das Leben. Dafür lohnt es sich, schamlosen alten Frauen Landhäuser in der Bretagne zu verkaufen; allein um seiner Tochter die Schönheit der Welt zu schenken. Bevor sie allein über die Straße geht. Von dort, wo er ist, in Chloés Zimmer am Ende des Flurs, hört Serge nichts von der Soirée, die Lucie organisiert hat, es ist, als wäre er unter Wasser, weit weg, in der Tiefe. Er betrachtet das rosafarbene Zimmer, blass und sanft, den weichen Teppichboden, das Schaukelpferd, die Kinderküche, Barbie und ihr Haus und ihr Auto und ihren Ken und ihren Hund und ihre Garderobe. Dieses Miniaturleben. Er kommt sich vor wie ein Grizzly in diesem rosigen Universum, das nach gebügeltem Pyjama und Lavendelessenz duftet. Sein Schatten an der Wand scheint nicht zu ihm zu gehören, er ist breit und gebeugt, ist das wirklich er? Er steht auf, der Schweiß rinnt in einem einzigen, seltsam präzisen Tropfen an seinem Rücken herab. Sein Schatten schmiegt sich an seine Füße. Er geht hinaus und am Zimmer seines Sohns vorbei, ohne stehenzubleiben. Er geht zu den Gästen zurück. Geräusche von Menschen, die sich wohlfühlen.

UND SO IST ES EINE WEILE weitergegangen. Die Tage zogen vorbei und wurden kürzer, bald würde man die Uhr auf Winterzeit stellen, würde in kurze Tage und endlose Abende ohne Pläne stürzen. Ich fühlte mich wohl in meinem Leben, wie in einem Bett, das ich in der gewünschten Größe vorbereitet und frisch bezogen hatte. Ich hatte mir etwas aufgebaut und hielt mich daran fest. Abends hörte Antoine die Spiele im Radio, während er das Bad renovierte, ich dachte, dass ihm ein Sohn oder eine Tochter fehlte, ein Kind, das er gern ins Kino oder ins Restaurant eingeladen hätte, ein netter Abend, zwei, drei Geständnisse und eine flüchtige Umarmung vor dem Haus, ehe man sich trennt. Stattdessen strich er das Badezimmer in gebrochenem Weiß, diese Farbe hat den denkbar dümmsten Namen, Weiß ist schön, wenn es rein, klinisch und kalt ist, gebrochen ist es weder wärmer noch erträglicher. An diesem Abend rief Antoine aus der Duschecke, viel zu laut für die kleine Wohnung: »Das Winzerfest ist dieses Wochenende, denkst du dran?«

»Ja, ich habe im Internet nach dem Wetter geschaut, es wird ein Altweibersommer.«

»O super, super … Scheiße! Jetzt gab's ein Tor, und ich habe nicht verstanden, für wen, machst du den Fernseher an?«

»Nein.«

»Wie bitte?«

»Nein.«

Es gab ein langes Schweigen. Nur ein langes Schweigen, ehe er sagte »Ich hätte doch vorstreichen sollen«, und sich räusperte, weil er betroffen war. Oder verärgert. Verlegen. Wütend. Gleichgültig. Glücklich. Wer weiß? Wie soll man erraten, was sich hinter dem Schweigen verbirgt, wenn man so daran gewöhnt ist, es mit all seinen gefährlichen Fragen vorüberziehen zu lassen? Ein Mann, der keine Fragen stellt. Der gebrochenes Weiß auf eine Wand streicht und zu laut spricht. Hat der keine Lust, sich mit dem Duschvorhang aufzuhängen? Ich ging ins Badezimmer, er hatte sich mit seinen bespritzten Jeans und den schweißverklebten Haaren auf den Fußboden gesetzt. Ich kniete mich vor ihn, legte die Hand auf seine schlecht rasierten Wangen, seine Augen glichen denen eines großen, traurigen Hundes. Ich küsste seine Lider, er lächelte und schniefte kurz. Er glich einem durch einen Fluch gealterten Kind, er war voller Widersprüche, sein Blick unschuldig und flehend, der Körper aber schwer, die Haut abgenutzt, die Haare gebrochen.

»Wir malen große Blumen auf das gebrochene Weiß, dann ist es weniger beängstigend, ja?«, fragte er.

Ich stand auf und drückte meine Hände überall flach auf die feuchten Wände, meine Hände machten ein saugendes Geräusch, als ich sie wegzog, er lachte und tat es mir nach, unsere Abdrücke kreuzten und vermischten sich. Das war total hübsch. Diese kleine Verwüstung. Im

Radio brüllte der Reporter den Sieg für Lens heraus, als schenkte er ihm ein zusätzliches Leben. »Eins zu null für Lens … Eins zu null für Lens …«, prägte sich Antoine ein. Ich hielt die Hände unter den Hahn, um sie mit Waschbenzin zu reinigen, das Badezimmer sah noch älter aus als vor dem Streichen, als offenbarte jeder Versuch, es aufzufrischen, seine absolute Hinfälligkeit.

DIE WOHNUNG IST RIESIG und leer. Die Fenster sind schmutzig, in den Fassungen sind keine Glühbirnen, und Serges Stimme hallt, als er die Grundfläche und die Südausrichtung der Elternsuite erwähnt. Vor ihm die Église Saint-Gervais und die Seine-Quais, aufgelöst im Grau des Himmels wie ein Pastell voller Wasser. Die Perspektiven sind vage und kaum angedeutet, sie gleichen einer Welt, die man verlässt. Serge wartet, während sich das Besucherpaar flüsternd darüber austauscht, was nicht stimmt, und zu laut redet, wie ein Echo, als es darum bittet, die Wohnung am nächsten Tag noch einmal sehen zu können. Dann gehen sie, und Serge weist sie nicht auf die nahe Bushaltestelle und die Bequemlichkeit der langen Ladenöffnungszeiten hin, wozu, sie werden bestimmt nicht um Mitternacht runtergehen, um schlechten Whisky und Bier zu kaufen; sie sind vorausschauend und gründlich, sie sind mit einem Zollstock und einem Fotoapparat gekommen, die Frau hat gesagt: »Ich werde alles maßstabgerecht rekonstruieren, und du wirst sehen, dass das Heimkino nicht an die Wand im Wohnzimmer passt.« Und Serge sieht zu, wie die Nacht langsam in die Wohnung auf der Île Saint-Louis eindringt, gemächlich durch die großen, leeren Räume fließt, wie Nebelschwaden. Es ist eine eigenartige Besänftigung, sich ins Grau der Schatten gleiten zu lassen, und das Gefühl, dass nichts mehr wichtig ist, siegt über die Wehmut und die Traurigkeit, sich an diesem unnützen und zu teuren Ort allein zu fühlen. Serge hat ihn auf eine Million siebenhunderttausend Euro geschätzt. Er hat die Zahl aufgeschrieben, ohne daran zu glauben, andere werden sie an seiner Stelle ernst nehmen. Und wenn die Seine noch einmal über die Ufer tritt? Und wenn die Obdachlosen ihre runden Zelte auf Dauer an den Quais d'Anjou und d'Orléans stehen lassen, muss man dann Nullen in der Annonce streichen? Wohnungen gewinnen mit der Zeit an Wert. Im Gegensatz zu den Menschen. Serge setzt sich auf die roten Bodenplatten im Salon, er sieht nur noch den Himmel und erinnert sich an die Gewitter in seiner Kindheit, die stärker, bedrohlicher waren als heute. Eindeutige Bestrafungen. Er löst seinen Gürtel. Zieht das Sakko aus. Und dann die Schuhe. Die Socken. Die Nacht deckt ihn zu. Die Laternen sind noch nicht angegangen, eine Verzögerung von ein paar Minuten, wie ein Wechsel des Bühnenbilds im Dunkeln. Nun gleicht das Draußen dem Drinnen. Die Wände kommen ihm dünn vor, die Scheiben zittern, als ein Motorrad zu schnell vorbeifährt. Serge hat etwas Mühe zu atmen. Er würde gern frieren. Wach sein, bei vollem Bewusstsein. Aber die Nacht betäubt ihn, als wäre schon lange Schlafenszeit, als müsste man schweigen. Schon wieder.

ALS ER HEUTE ABEND das Gartentor öffnet, ist die undefinierbare Erinnerung an Suzanne verblasst; keine Katze streift ihn, Serge denkt an nichts, weder an die schlafenden Blumen noch an seine nackte Linde, auch nicht an den Abend, der ihn erwartet, den Tag, den er hatte, er ist nirgendwo, zerstreut und etwas langsam. Lucie schaltet das Außenlicht an und kommt heraus, um ihn zu erwarten. Sie lacht in ihrem Lichtkreis, nur für sich, sie könnte ein Lied singen, ein bisschen tanzen, das wäre schön, denkt Serge; Chloé würde ihre Mutter sicher gern auf der strahlend hellen Treppe singen sehen, und wie wunderbar wäre es, alle beide so anschauen zu können; genau an dem Ort, an dem sie sein sollen, würden sie das tun, was sie tun sollen: ihn voller Freude erwarten. Als Serge auf dem Treppenabsatz steht, drückt er Lucie so fest an sich, dass die junge Frau, anstatt sich geschmeichelt zu fühlen, eine gewisse Unruhe empfindet, aber als Serge den Kopf an ihren Hals legt und sie ganz sanft beißt, sich in spontanem und unverhofftem Verlangen an sie presst, erschauert sie, und er weiß, dass sie die Kinder früh ins Bett bringen wird. Also seufzt er erleichtert, denn er sieht sich in ein paar Stunden, er findet endlich einen Platz an diesem Tag, der keinen Sinn hatte.

Als er in den Salon kommt, sieht er den Rücken seines Sohnes, der am Klavier sitzt. Er spielt nicht. Er starrt auf die Tasten. Die Hände flach auf den Knien. Schließlich greift er einen Akkord. Einen zweiten. Sehr schnell. Zu laut. Mit der Ungeschicklichkeit eines Menschen, der sich durchmogelt. Dann schweben seine Hände in der Luft, die Schultern beinahe bis zu den Ohren hochgezogen, es sieht aus, als würde jemand hinter ihm seine Arme in der Luft festhalten, um ihn am Spielen zu hindern. Mit sanfter Hand schließt Lucie das Klavier, sie streichelt Théos Nacken, bringt Serge einen Whisky, ruft Simone, der Hausangestellten, zu, sie solle den Kindern das Abendessen machen. Dann setzt sie sich, und Serge sieht sie an, so strahlend frisch wie am Morgen, wie ein Gemälde, denkt er, eine Landschaft in der Sonne.

»Ich wollte, du wärst die ganze Zeit bei mir«, sagt er.

»Wie das?«

»Ich wollte, du könntest mich überall begleiten, in der Agentur, im Auto, in den Wohnungen bei mir sein, überall.«

»Komische Idee! Ich bin doch nicht deine Sekretärin!«

Sie kratzt sich am Knie, und ihre Nägel auf dem Strumpf machen ein unangenehmes Geräusch, als dürften sich diese beiden Materialien, Nagel und Nylon, nie berühren, es ist eine kleine Explosion, zwei entzündliche Stoffe, die miteinander in Kontakt kommen.

»Du siehst schlecht aus, Serge, weißt du? Wie lange warst du nicht mehr in Quiberon?«

»In Quiberon? Ich weiß nicht mehr … Drei Monate? Sechs?«

»Von wegen. Ich würde sagen, ein Jahr. Mindestens.«

»Wir hätten ihm ein einfaches Klavier kaufen sollen.«

»Was?«

Serge stellt sein Glas ab, steht auf, verlässt das Zimmer in einer einzigen Bewegung, fast einer einzigen Regung. Er hatte nicht vorgehabt, das zu tun, er wollte es nicht tun, er wollte mit Lucie schwatzen und spüren, wie der Alkohol ihn entspannt, und die Ruhe des Hauses genießen, in dem das Abendessen schon bereitsteht.

»Mit einem einfachen Klavier könnte er leise spielen!«

Und er fragt sich, warum seine Stimme so schrill ist, wie die eines frechen Kindes, das im Laufen spricht, das versucht, vor seinen eigenen Worten zu fliehen.

AM SONNTAG, 10. OKTOBER, beim Winzerfest in Montmartre, war tatsächlich Altweibersommer. Der Wetterbericht hatte sich nicht getäuscht. »Wir müssen es ausnutzen«, sagte Antoine, »ich hatte dir doch gesagt, du sollst meine Sommerhemden noch nicht wegräumen, ich schwitze mich tot, du und deine Manie, alles zu sortieren, ich hoffe nur, du hast nichts weggeworfen!« Ich steckte den Kopf unter die Decke, ich hatte keine Lust, aufzustehen und Antoine zu raten, welches Hemd er anziehen solle. Ich hatte Lust, an alles und nichts zu denken, den Kopf unter der Decke. Ich mag diese Augenblicke nach dem Schlaf, den verschwommenen Raum, das zögernde Licht und die irgendwie schwere Luft im gedämpften Zimmer. Aber ich hörte die Schalen auf dem Frühstückstablett klirren, das mir Antoine ans Bett brachte. Ich nahm es mir übel, mich nicht besonders glücklich zu schätzen; wie viele Frauen haben wohl nach so langem Zusammenleben noch das Privileg, ihr Frühstück am Sonntag ans Bett gebracht zu bekommen? Ich hätte mir so gewünscht, mich glücklich zu schätzen, Lust zu haben, an Antoines Arm auszugehen. Aber ich hatte zu gar nichts Lust, nur darauf, ein einziges Mal nicht zur gleichen Zeit auf den gleichen Straßen zu sein wie die anderen.

»Weißt du was?«, fragte Antoine, »he, sag mal, weißt du was?«

»Nein.«

»Es ist so schön, ich mach dir einen Vorschlag: Du rührst dich nicht, du machst gar nichts …«

»Ach, Antoine!«

»Und ich bereite inzwischen ein Picknick vor! Warum verziehst du das Gesicht. Nicht nur Schinkensandwichs, du wirst staunen, glaub mir.«

Ich wollte nicht, dass er Zeit hat, ein Picknick vorzubereiten, ich wollte nicht neben Tauben und Hunden essen. Ich stellte das Tablett auf den Boden und zog Antoine zu mir, dorthin, wo ich gern sein wollte: unter die Decke. Er lächelte, auf seiner Wangen zeigte sich sein kleines Grübchen und die Zufriedenheit eines begehrten Mannes und dann seine Sicherheit, selbst zu begehren. Ich bat ihn, mich zuzudecken, sich schwer auf mich zu legen, mich am Atmen zu hindern, und wir waren zusammen, klebten aneinander, in der Wärme eines Morgens, den wir mit niemandem teilten und der, ohne dass wir es wussten, das Ende unserer kleinen Welt ankündigte.

DIESE SONNE IST FÜR IHN BESTIMMT, Serge weiß es. Er sitzt auf der Steinbank in seinem Garten, voller Dankbarkeit, das Gesicht der Sonne zugewandt, und er weiß nicht, warum er diese Opernarie im Kopf hat, die Arie von Valentin in *Faust*, »So wie ihr, scheid' von der Heimat Ich voll Schmerz«, so ein Blödsinn, er wird von überhaupt nichts scheiden, er ist zu Hause, seine Finger umklammern die Steinbank, wie lange hat er *Faust* nicht mehr gehört, wie lange hat er nicht mehr geweint?

»Willst du braun werden, Papa?«

Theo hat sich nicht auf die Bank gesetzt. Er hat sich vor seinen Vater gestellt und etwas gezögert, bevor er ihn angesprochen hat, aber er würde gern wissen, ob er braun werden will oder einfach nur Lust hat, dem Himmel mit geschlossenen Augen und verkniffenem Gesicht eine Grimasse zu schneiden, er sieht hässlich aus und ein bisschen beängstigend.

»Nein, ich will nicht braun werden ... Ich lass mir die Sonne auf den Pelz brennen.«

»Kommst du mit auf den Platz? Chloé und ich lassen uns schminken.«

»O nein ...«

»Nein?«

»Sag deiner Mutter, dass ich hierbleibe, ich bereite das Mittagessen vor, im Garten, das ist doch gut, oder?«

Théo hat gewusst, dass er nicht mitkommen wird, seine Mutter hat es ihm gesagt, seine Mutter irrt sich selten. Aber Théo ist acht, und er versucht gern, den Lauf der Dinge zu ändern. Jeden Morgen wünscht er sich etwas, und abends machte er ein Kreuz in seinem Kalender, wenn sich der Wunsch erfüllt hat. Aber meistens ist der Kalender leer, und er holt es mit albernen Wünschen wieder auf, vor allem am Ende der Woche. »Ich wünsche mir, dass es zum Mittagessen keinen Spinat gibt«, »Ich wünsche mir, dass mich Maman *Die Simpsons* gucken lässt«, das sind Aufholwünsche, albern und uninteressant, aber es ist so enttäuschend zu sehen, dass er nichts erreicht, als wäre sein Leben schon unendlich lange vor seiner Geburt festgelegt worden, und manchmal kneift sich Théo nachts im Bett, kneift sich in die Schenkel, die Arme; er hat Angst, tot zu sein, nicht wirklich fünfundzwanzig Kilo zu wiegen und einen durchsichtigen Körper zu haben. Wenn er Klavier spielt, hört er, dass er existiert. Und dass es ihnen meistens in den Ohren wehtut. Théo geht. Er lässt seinen Vater da, mit seiner schrecklichen Grimasse, seinen rauen Sonntagswangen und seiner Stimme, die klingt wie Kieselsteine, die man in der Hosentasche aneinanderreibt.

Serges Vergnügen ist verdorben. Jetzt spürt er nicht mehr die Sonne seines Gartens, er spürt die Bewegung ringsum, denn das Wetter ist außergewöhnlich, und heute ist Winzerfest, die Straßen und Plätze, die Bars, Kirchen, Buchhandlungen, Restaurants sind voll mit Menschen, die die Sprachen der ganzen Welt sprechen und alle das gleiche Foto machen. Er denkt an die Karmeliterinnen in Sacré-Cœur auf Montmartre, er beneidet sie um die Abgeschiedenheit, die Freiheit, nichts zu besitzen ... Sind sie heilig oder feige? Auf jeden Fall schweigen sie, denkt Serge, sie kennen die tägliche Qual der Lüge nicht. Er hört Chloés Stimme, sie sitzt vor ihm auf dem Boden und spielt mit der Erde.

»Guten Tag, Monsieur«, sagt sie, »wollen Sie vielleicht einen Schokoladenkuchen?«

»Bitte mit Kirschen drauf, Mademoiselle.«

»O ja, sehr gern, Monsieur!«

Und Chloé legt Kiesel auf den Kuchen aus Erde und spricht mit sich selbst: »Da sind die kleinen Kirschen, so ...«, und schon hat sie die Welt verändert. Serge überlegt sich, dass er zum Mittag Baskisches Huhn mit Pommes frites macht und dass er beim Kochen *Faust* hören wird; die Oper wird alle Räume ausfüllen, und sein Haus wird die Freude, die Kraft und die Entschlossenheit dieser Musik, dieses Mannes atmen, der vor dem Alter geflohen ist ... Ein bisschen wie ich, sagt er sich, und das amüsiert ihn: Lucie ist seine so junge Margarethe, seine strahlende Schutzbefohlene. Und plötzlich hat er die kleine Agnès aus Molières *Schule der Frauen* vor Augen, die Arnolphe nur unwissend und ganz egoistisch liebt ...

»Bitte schön, Monsieur, und verschlucken Sie die Kerne nicht!«, sagt Chloé.

Serge tut so, als esse er den Kuchen, als schmecke er

wirklich gut, er reibt sich den Bauch und sagt zu seiner Tochter, dass er die Karmeliterinnen letzten Endes doch nicht beneidet.

»Wen?«

»Nichts. Ich bin sehr glücklich, eine kleine Tochter wie dich zu haben, das ist alles.«

Aber Chloé ist nicht geschmeichelt. Sie ist besorgt und sieht ihn mit schiefem Mund an, sie weiß, dass er nicht alle Kirschkerne ausgespuckt hat, sie weiß, dass er ihr nicht glauben wird, wenn sie es ihm sagt, sie weiß, dass er lügt, wenn er sagt, dass der Kuchen köstlich ist.

»Na gut, ich gehe jetzt, Théo und ich lassen uns schminken.«

Sie ist weg, und Serge steht auf. Schüttelt die Erde von seinem Schuh. Wischt sich die schweißnasse Stirn ab. Die Linde vor ihm ist genauso nackt wie die Skulptur eines Greises, der sich zum Himmel streckt. Serge legt die Hand auf den Stamm und empfängt das Leben des Baumes wie einen Stromstoß, einen geräuschlosen elektrischen Schlag. Er lehnt die Stirn dagegen. Tätschelt die Rinde. Ganz sanft. Etwas kräftiger. Und wieder singt Valentin: »So wie ihr, scheid' von der Heimat Ich voll Schmerz. Ich lasse Margarethe, Sie bleibt hier ohne Schutz, Die Mutter wacht nicht mehr!« »Ich gehe mit den Kindern zum Schminken auf die Place des Abbesses!« Das ruft Lucie. Mit ihrer glücklichen und entschlossenen Stimme, der Stimme einer Frau, der niemals etwas verweigert wurde. Serge richtet sich auf und kündigt sein Baskisches Huhn an. Sie hören ihn nicht, sie sind glücklich, zum Fest zu gehen. Er bekommt ihre Küsse aus der Ferne zugeworfen, als würden sie auf Pusteblumen blasen. Sie sind schön. Sie sind sein. Alle drei. Und er? Ist er bei ihnen? Gehört er ihnen? Diese Linde, die Erde, der Kies, die Treppe, das Dach, das Klavier … ein Streichholz, und es ist vorbei; er weiß es, das ist ein starkes, geheimes Wissen, das er niemandem anvertraut, denn es ist besser, es für sich zu behalten, als es weiterzusagen und sich ausbreiten zu lassen wie ein flüchtiges und tödliches Gift.

IRGENDWANN MUSSTE MAN AN diesem Tag doch noch rausgehen. Einen dünnen Pullover über die Sommerbluse ziehen, im Treppenhaus einen Nachbarn treffen und beim Öffnen der schweren Haustür das Tageslicht mit aller Wucht ins Gesicht bekommen. Antoine und ich wohnen in der Rue de Douai, eine kleine Wohnung im fünften Stock, mit Balkon, typisch für Pariser Wohnungen in diesem Stockwerk. Wir haben nichts gepflanzt, ein ziemlich alter und mickriger Rosenstock kämpft verdrießlich ums Überleben, im Frühling wird er von Mücken umschwirrt, und wenn wir ihn zufällig mal gießen, fließt das Wasser zu den Nachbarn unter uns, die herumschreien, als würden wir auf sie runterpinkeln. Manchmal frage ich mich, warum von uns beiden nichts wächst; was ist das für eine zerstreute Beziehung, diese leise Ernüchterung, die uns eigen ist und die uns nicht wirklich aufregt?

Antoine wollte zur Basilika gehen, um die herum regionale Produkte aus ganz Frankreich verkauft wurden; er kostet gern Wein und Schinken und unterhält sich mit den als Auvergnats, Bretonen oder Basken verkleideten Typen, wie man sie nirgendwo anders als in Paris trifft. Wir gingen die Rue Lepic hinauf, in der die asiatischen Touristen immer ganz kopflos herumrennen, bis man ihnen das Café von *Amélie Poulain* zeigt. Das ist eine Straße, in der die Leute entspannt sind; sie kaufen ein, ohne zu rechnen. Läden für Delikatessen, Käse, Blumen, Wein reihen sich aneinander, ich stelle mir französische Sonntage vor, an denen man sich etwas gehen lässt und sichtbar entspannt die Privilegien und das bürgerliche Leben vergisst, das wir alle in ein paar Jahren führen werden, wenn wir weiter herumspazieren, ohne je das geringste Ungleichgewicht zu provozieren.

Vor dem *Nazir* traf Antoine Freunde, die er seit dreißig Jahren nicht mehr gesehen hatte, sie umarmten sich, zwei Männer, kompakt wie dicke Knete. Sie lachten und sagten: »Wie hast du mich denn wiedererkannt? Oh, là là!« Aber sie hatten einander trotzdem erkannt. Den Gesichtsausdruck. Die Nase. Vielleicht die Stimme. Sie sagten: »Und das ist deine Frau? Oh, là là!«, und dann erinnerten sie sich an zwei, drei lustige Geschichten, über die sie aber nicht mehr lachen konnten, und dann war es vorbei; also umarmten sie sich, bevor sie auseinandergingen, klopften sich auf den Rücken, was alles kundtat, das sie sich nicht gesagt hatten. Später drückte Antoine meine Hand: »Du sagst mir Bescheid, wenn ich genauso alt aussehe wie sie, ja?« Ich lächelte.

Auf einem kleinen Podest auf der Place des Abbesses vollzog der Bürgermeister des 18. Arrondissements *Nicht-Trauungen* von Paaren, die mehrheitlich aus der Provinz kamen. Sie waren verliebt und von empfindlicher Schüchternheit. Diese *Nicht-Trauung* vor all diesen Leuten, vor diesen Unbekannten, die lachten und ihnen kaum applaudierten … »Woher kommen Sie, Géraldine?«, fragte der Bürgermeister. Es war wie eine Talentshow, eine linkische Vertraulichkeit, bemüht mitreißend. Und dann sagte der Verliebte: »Géraldine, ich habe die Ehre, dich nicht um deine Hand zu bitten.« Und sie sagte: »Ja, Hervé, lass uns nicht die Eheurkunde unterschreiben.« Man applaudierte ihnen aus Höflichkeit, und wir hatten alle das Lied von Brassens* im Kopf, unmöglich, es loszuwerden. Und so spazierten an diesem Tag Männer und Frauen mit demselben Lied im Kopf durch Montmartre, als trügen sie ein unsichtbares Kreuz auf den Schultern.

Direkt neben dem Podium, wo die Nicht-Trauungen gefeiert wurden, stand ein als Zauberer verkleideter Mann, spitzer Hut, langes Haar und Samtmantel, schwarze Ringe um die reglosen Augen und knallroter Mund. Er gab keinen Ton von sich und machte stumm extravagante Frisuren, sehr hoch und von mit Blumen und Bändern bedeckten Trichtern gehalten, und schminkte die Gesichter der Frauen und Kinder, die sich selbst erst ganz am Schluss sahen; dann reichte er ihnen einen Spiegel, in dem sie ihr Gesicht entdeckten, wie es die Schaulustigen vor ihnen gesehen hatten. Die Leute sahen glücklich aus, es war ein irgendwie besonderer Sonntag, voller Sonne;

*J'ai l'honneur de / Ne pas te demander ta main / Ne gravons pas / Nos noms au bas / D'un parchemin trotzdem hatte man das Gefühl, jeder warte darauf, dass wirklich etwas geschah, wie bei einem Fest, auf dem keine Stimmung aufkommen will und das einen enttäuscht, ohne dass man es zugibt. »Da drüben winkt dir eine Frau«, sagte Antoine. Es war Lucie. Lucie und ihre Kinder, eins an jeder Hand und sie in der Mitte, die Kleinen an ihr vertäut, geschminkt wie antike Puppen. Ich winkte ihr, sie lächelte und wies ihren Sohn auf mich hin, sicher sagte sie zu ihm: »Das ist die Frau, die dein Klavier stimmt, doch, das weißt du, ich habe es dir erklärt, sie hört das *a* von der Stimmgabel und dann stimmt sie danach alle Töne.« Ich sah, wie sie sich zu dem Kind beugte, das ihr zuhörte und zu mir blickte, der flüchtige Blick eines schüchternen, ein bisschen misstrauischen Jungen. Später würde ich merken, dass er seinem Vater ähnelte. Ohne zu wissen, warum und wie sehr, was für ein tiefer, irreparabler Riss. Vorerst passierte nichts. Ich hatte ein Lied von Brassens im Kopf und grüßte von Weitem eine glückliche Familie.

BITTE SCHÖN. Genau so hatte er es sich vorgestellt. Er hat die CDs von *Faust* und alle Zutaten für das Baskische Huhn gefunden, jetzt mischt er alles, die Gerüche, die Musik, den Raum, das Licht. Das ist lebendig und stark wie ein selbst gebrannter Schnaps, und es hebt alles auf, was sich rings um sein Haus, um die Place du Tertre abspielt. Serge schiebt mithilfe der Oper und des Geruchs der Zwiebel, die mit Kräutern, Thymian, Lorbeer und gelben, roten und grünen Paprika und aufgeschnittenen Tomaten vor sich hin brutzelt, die Menschenmenge und das Durcheinander von sich; das ist schön, und sein Garten richtet sich auf, die Linde reckt sich dem Blau des Himmels entgegen, als wollte sie ihn sich angeln. Serge zerhackt das rohe Huhn, er schlägt genau auf die richtigen Stellen, packt die Schenkel mit beiden Händen, zieht daran und schneidet, spaltet den Brustkorb, in der Küche hängt noch der Geruch der abgesengten Flaumfedern, ein scharfer und vertrauter Geruch. Er schlägt zu, und nichts widersteht ihm, er hat das rohe, zarte Fleisch in den Händen, die festen Sehnen, die langen und weißen Knochen, weich wie die Knöchelchen, mit denen er als Kind spielte und die seine Mutter beim Fleischer extra für ihn bestellte. Er setzt sich hin und betrachtet das zerteilte Huhn, die fünf Stücke, Schenkel, Flügel, Brust, wie eine vom Wind geöffnete und geopferte Blüte. »Doch, der du selbst das Eisen brichst, erzittre, / Dass deine Macht dies Kreuz in Nichts zersplittre!« Serge schaut auf den toten Flügel in seiner breiten Hand, die er nicht mag, die nicht geschmeidig genug ist, die Finger sind zu kurz, keine Freiheit; er hört *Faust* nicht mehr, er ist in *Faust*, er achtet nicht auf die Musik, sondern ist mit ihr verbunden, wie wir es mit unserem eigenen Atem sein können, wenn wir nicht mehr kämpfen. Er fühlt sich erneut von der unsichtbaren Decke umhüllt, wie am Ende einer Sitzung beim Osteopathen, wie sagt der dazu? »Das Magnetfeld«! Und Serge lächelt … Magnetfeld. Da ist sicher was dran. Es gibt so viel, was er nicht kennt. Überall um ihn herum sind Wahrheiten, die er nicht kennt, Offensichtliches, wovon er nichts ahnt, und vorbestimmte Wesen, auf die er noch nicht geachtet hat.

Um dreizehn Uhr kommt Lucie mit den Kindern zurück. Sie sind geschminkt, müde und sehr hungrig. Das Fest ist vorbei, sie sind etwas enttäuscht; Théo sagt, er würde gern beim Ball der Nicht-Getrauten sein, aber das geht nicht, in zwei Stunden ist es vorbei, erklärt ihm seine Mutter; also wirklich, so lange warten für so wenig, denkt er und geht an seinem Vater vorbei, der mit geschlossenen Augen und Kopfhörern auf den Ohren im Sessel sitzt; er geht ins Badezimmer der Kinder, um sich abzuschminken, aber die fettigen Farben kleben am Waschhandschuh und verteilen sich auf seinem Gesicht, es sieht aus, als hätte er mit Fingerfarben gemalt und sich dann die Wangen gerieben. Seine Mutter lacht, als sie ihn sieht, und geht mit ihm in ihr Bad, das nach Maiglöckchen, Nagellack und Entferner riecht. Es ist eine Mischung aus süß und scharf, Zucker und Pfeffer an diesem Ort mit den großen, ordentlich gefalteten Badetüchern, den farbigen Fläschchen auf grauen Holztabletts neben den Spiegeln und Magentabletten, kleinen Scheren, Pinzetten, Bürsten so weich wie Pinsel, Lippenstiften; das ist die hübsche Welt seiner Mutter, in der nichts Böses geschehen kann. Er steht ganz gerade, die Augen fest zugekniffen, sie streicht eine kühle Creme auf sein Gesicht, dann wischt sie sie mit Watte ab. Er will ihr helfen und denkt, seine Steifheit sei ein Zeichen seines guten Willens. Als es vorbei ist, küsst ihn Lucie auf die Nasenspitze, »Wegtreten, kleiner Soldat!«, und schiebt ihn zur Tür; es ist selten, dass Théo in ihrem Bad sein darf, und er ärgert sich, dass er die Augen zugemacht hat.

Der Tag vergeht mit der Sonne. Sie ist mild. Etwas verschlossen allerdings, und sie verblüht mit den Stunden, ohne etwas Konkretes anzubieten. Die Hühnerknochen im Mülleimer sind fettig, vernichtet, vermischt mit Zwiebelschalen und Käserinden. Es stinkt ein bisschen. Serge verspürt die Wehmut des Sonntagabends, die gleiche wie als Kind, wenn er seine Mutter am Montag nicht allein lassen wollte. Allein und frei. Es ist das gleiche Kribbeln im Bauch, der gleiche diffuse, etwas verschämte Ärger. Er findet, dass es so kalt ist, sobald die Sonne verschwindet.

Richtig brutal. Eine Decke, die unverhofft weggerissen wird.

Als die Kinder gebadet haben und auf dem Teppich im Wohnzimmer ihre Sonntagabendtrickfilme sehen, sucht Serge Lucie im Haus. Er ruft sie mit ungeduldiger Gereiztheit, er mag es nicht, wenn sie nicht in seinem Sichtfeld ist, er mag es nicht, in die Zimmer gehen zu müssen und sie nicht zu finden. Sie sitzt an ihrem Schreibtisch und füllt ein Fotoalbum. Sie notiert Orte und Daten, alles ist chronologisch aufgelistet, das Dasein von ihnen allen ist ein Menü, dessen Gerichte sie kaum verändert, warum sollte sie auch, alle Fotos sind schön, die Gesichter strahlend und die Landschaften die, von denen man träumt, Meer, Berge, schöne Geburtstagstorten und Silvesterfeiern, bei denen dreißig Kinder immer die Statisten für das eigene sind. »Wir gehen raus«, sagt Serge. Lucie seufzt ein bisschen, kaum, bevor sie die Babysitterin anruft. Serge sagt ihr, sie solle etwas anziehen, es sei kalt geworden und er wolle laufen.

»Laufen? Wohin gehen wir denn?«

»Hier ins Viertel, auf den Platz, keine Ahnung … Ich muss an die Luft.«

»Was ist denn los mit dir, mein einsamer Bär?«

Lucie wählt eine warme Jacke, dem Anlass entsprechend: Sonntagabend entspannt auf der Place des Abbesses, schick und kuschlig, diskreter und raffinierter Luxus. Sie ist schön, und Serge fragt sich, wie er neben ihr wirkt, er mit seinen sechzig Jahre, seinen Launen und seiner Migräne. Lucie packt den Kragen seiner Jacke, um ihn zu sich zu ziehen, und küsst ihn rasch. »Ich liebe dich«, sagt sie ganz schnell, und Serge denkt, dass es ein dahingesagter Satz ist, er ist nicht wirklich berührt, höchstens geschmeichelt, und er begreift die Gelassenheit des bürgerlichen Lebens.

ICH HATTE MATHIEU VERSPROCHEN, mir die Fotos anzusehen, die sein Kumpel im *Tam-Tam* ausstellte, einer dunklen und etwas schmuddeligen, fröhlichen und immer vollen Bar am oberen Ende der Rue Lepic. Es war Sonntagabend, und ich hatte es immer noch nicht getan. Antoine wollte nicht noch mal raus, er fing gerade ein Puzzle an, tausendfünfhundert Steine, die Chinesische Mauer. Nicht so einfach.

»Mehr als siebentausend Kilometer – kannst du dir das vorstellen?«, fragte er mich.

»Nein.«

»Also, ich auch nicht.«

Und ich sah, wie wohl er sich zu Hause fühlte, konzentriert auf das, was er gern machte, in Sicherheit vor allem, was man von uns verlangt und was wir darstellen müssen.

»Angeblich ist es der größte Friedhof der Welt, zehntausend Arbeiter sind bei ihrem Bau gestorben. Daneben ist Chartres … Du verstehst, was ich meine.«

»Ich gehe ins *Tam-Tam*, nicht lange, wegen meines Praktikanten.«

»Es tut mir leid, dich allein gehen zu lassen. Bist du sauer?«

Kann man auf jemanden sauer sein, weil er ein Puzzle macht? Kann man auf jemanden sauer sein, weil er das Bad in gebrochenem Weiß streicht? In Paris picknickt, jenseits der Fünfzig? Nein, nein, nein, tausendmal nein. Und diese Unmöglichkeit wiegt tonnenschwer. Ich legte die Hand auf seinen kräftigen Nacken, der sich über den Tisch beugte, auf dem die Chinesische Mauer in tausendfünfhundert Teile explodiert war. Dann ging ich los, damit er sie in Ruhe aufbauen konnte.

Paris war von seinen Touristen gesäubert, die man sicher ins Moulin Rouge oder eine der Erotikshows in den umliegenden Straßen eingesperrt hatte. »Das ist Paris!« Das *Tam-Tam* war wie üblich voll. Georges, der Wirt, kam mit ausgebreiteten Armen und vorgestrecktem Oberkörper auf mich zu und umarmte mich, er roch nach Essig und Schweiß. Georges gehört zu den Leuten, die schon immer über vierzig waren, niemals zart oder unentschlossen, niemals Teenager oder frisch verheiratet, ein beleibter, sonniger Typ, immer von Freunden umringt. Wir sahen uns die Fotos an den fettigen und schlecht beleuchteten Wänden an: aufgerissene Gebäude, Spiegelungen von zerstörten Fahrzeugen, zwei Jungen in einem Schützengraben ...

»Wie alt ist der Fotograf?«, fragte ich.

»Neunzehn. Sag mal, tust du mir einen Gefallen?«

»Ich glaube nicht, dass ich eins kaufen werde, Georges.«

»Das meine ich nicht. Geh mal zu den Jungs, zur Band, und sag ihnen, dass heute Abend getanzt wird; sie spielen nur Jazz, heute ist schließlich Winzerfest, Himmelherrgott! Ich bring dir einen Wodka mit Eis … Widersprich nicht, mach mir die Freude.«

Ich ging zur Band am Ende des Saals, einem Trio von Fünfzigjährigen, die Alkohol und Koks erstaunlich gut verkrafteten und stolz darauf waren, als könne nichts ihnen etwas anhaben, weder die Zeit noch die Drogen; sie warfen sich in die Brust und hofften insgeheim, dass es nicht irgendwann auf einen Schlag passieren würde. Denn genauso würde es kommen: Eines Tages würde einer von ihnen plötzlich schlappmachen und sie im Stich lassen, der große Schreck ihres Lebens würde ihnen in die Glieder fahren und *sie würden nicht mehr so weitermachen können wie bisher.* Also schnupften sie ihr Kokain wie freche Kinder, denn genau darauf hofften sie: dass sie Kinder blieben, dass nichts Konsequenzen hätte und dass sie sich in ihrem Alter noch amüsierten, Herrgott! Nicht wie wir anderen ringsum, die nach einem gesunden, langen und langweiligen Leben schrien.

Es war noch früh, gerade neun Uhr, und sie waren in Hochform, klar und harmonisch; ich richtete ihnen aus, was sich Georges an diesem Abend wünschte: Stimmungsmusik, romantischen Schwung, den man nicht kontrolliert. Die Gäste waren da, um einen sonnigen Tag zu verlängern, wie er erst in ein paar Monaten wiederkehren würde, und jeder empfand ein Bedürfnis nach Sorglosigkeit und Freude. Die Band spielte »Summertime« (der

Schlagzeuger verzog beim Singen das Gesicht, und das war schön, als bisse er ins Leere, biss die Wörter und den Raum zwischen den Wörtern) und »These arms of mine«, und alles wurde einfach, alles begann zu fließen, es gab nichts mehr zu tun, als die Augen zu schließen und sich gehen zu lassen. Ich tanzte allein zu diesem flehenden Lied von Otis Redding, diesem eindringlichen Ruf.

SERGE BETRITT MIT SEINER FRAU das *Tam-Tam.* Die Bar ist finsterer als die Straße, eine dichte Dunkelheit, eine geschlossene Welt, die ihm mit dem Lied von Otis Redding ins Gesicht springt, das anfängt, als er über die Schwelle tritt, als wollte es ihn begrüßen; die ersten Worte des Liedes sind nackt, und dann das anschwellende Schlagzeug im Rhythmus des Herzschlags. Lucie ist bereit, auf dem Absatz kehrtzumachen, sie weiß, dass Serge weder Gedränge noch Lärm mag, er braucht Platz, und er braucht Sauberkeit; dieser Ort aber ist voll von altem, verkrustetem Schmutz, sie spürt ihn überall, an Wänden, Tresen, Kellnern, ein Dreck aus Bratfett und Zigarettenrauch, Müdigkeit und erbärmlicher Lasterhaftigkeit. Ihr Mann mag nur, was neu ist, wie sie, frisch und strahlend. Aber Serge hält ihren Ellbogen und zwingt sie bis nach hinten in den Saal zu gehen und sich zu setzen, sie stören eine Gruppe, die sehr viel Zeit braucht, um zusammenzurücken und ihnen Platz zu machen, ihre Stühle kratzen auf dem staubigen, fast weißen Parkett, die Stimmen hängen wie ein kompakter Schwarm über der Musik; Lucie fühlt sich unbehaglich, als würde man sie zwingen, viel länger als für die Zeit eines Glases mit diesen Leuten zusammenzuleben. Serge bestellt zwei Whisky, also zwingt sie sich zu lächeln, sie will ihren Mann begleiten, im Gleichklang sein mit dem, wozu er Lust hat, sie liebt ihn, er ist gleichzeitig ihr Beschützer und ihr »wildes Kind«, wie sie ihn nennt, sie ist stolz darauf, ihm zu bieten, was er braucht: Ruhe, Erholung, auch die Vaterschaft, die beiden Kinder, die man manchmal für seine Enkel hält; und es schmeichelt ihr, dass ein Mann wie er, reich und verführerisch, sie ausgewählt hat. Sie gibt sich Serge hin, weil er sie als sein Juwel ansieht, das unverhoffte Glück, eine so junge, wie für ihn bestimmte, für ihn geschaffene Frau geheiratet zu haben; sie hat ihn geheiratet, als sie gerade erwachsen geworden war, und erinnert sich nicht an andere vor ihm. Aber plötzlich empfindet Lucie die Wehmut im Lied von Otis Redding, die Zärtlichkeit, die es verströmt; es ist ein Liebeslied, ein Mann bittet um Liebe, ein Mann, der das wagt, ist immer ein bisschen traurig, und manchmal bricht die Stimme des Sängers wie Glas. Sie trinkt ihren Whisky in einem Zug, weil sie sich wünscht, dass Serge mit ihr tanzt; niemals wird sie ihn darum bitten, sie passt sich seiner Stimmung an. Sie will in allem und für immer mit ihm verbunden sein, alle sollen »Serge und Lucie« sagen, wie einen einzigen Namen, und sie will ihn später im Alter begleiten, seine einzige Stütze sein, und ihr Herz schwillt vor Traurigkeit nach diesem so langen Tag, an dem sie unaufhörlich fröhlich war. Sie legt den Kopf an Serges Schulter und schließt die Augen. Er bewegt sich nicht, legt aber sanft die offene Hand an ihre Wange; diese Musik ist so wehmütig, warum sind sie hierhergekommen? Und Serge sieht zu der improvisierten Tanzfläche in der Mitte dieser engen Bar, wo alle gefangen sind von der Schönheit einer Stimme, begleitet von ein paar Instrumenten, Schlagzeug, Sax, Klavier, aber nicht Klavier allein, ausnahmsweise nicht unerträglich, nicht dominant, sondern untergeordnet, was zählt, ist die Stimme, unrein und holprig; er mag diese menschliche, so abgenutzte Stimme. Er spürt Lucies Wange an seiner Schulter, ein müdes Kind, sie gehen sonst nie an solche Orte ohne Niveau und ohne Stil, und er fragt sich, wie es die Frau auf der Tanzfläche macht, allein zu tanzen, diese nicht mehr sehr junge und nicht sehr hübsche Frau, die sich bewegt, als wäre alles für sie bestimmt: die säuerliche Wärme, die zum Schneiden dicke Luft, das Leben des Holzes unter ihren Füßen, der Erde unter dem Holz, des Wassers unter der Erde, als hätte sie keine Angst. Ja. Das ist es, was Serge packt und schockiert, als er Suzanne zum ersten Mal sieht: wie sehr sie lebt, *ohne Angst zu haben.* Ihre Hüften sind zu breit, denkt er. Und auch: Sie ist schön. Ohne Rechtfertigung. Ohne Gesetz. Das ist unverständlich und ungerecht. Sie ist klein und hat keinen Busen. Sie ist über vierzig, das Oval ihres Gesichts ist schlaff, ihr Profil hat keine Reinheit mehr, bald wird sie ihre Arme und den Raum zwischen ihren Brüsten verstecken müssen, ihre Hände werden Flecken haben, und man wird die Venen an ihren Beinen entlanglaufen sehen, aber warum denkt er das, warum stellt er sich das überhaupt vor? Sie tanzt und kümmert sich nicht darum, ob das vielleicht stören könnte, diese Gestalt ohne Jugend und dennoch diese Kraft, die sie durchströmt, aber sie ist so gewöhnlich, beinah vulgär. Es ist doch vulgär, oder, sich so zu zeigen, wie man ist? Und sicher schwitzt sie unter den Achseln. Zwischen den Schenkeln. Serge drückt seine offene Hand an Lucies wunderbar frische Wange, seine Kehle ist trocken und seine Augen brennen, es kommt ihm vor, als hätte das Wasser seinen Körper verlassen, jede Feuchtigkeit und jede Sanftheit. Er betet, dass sich die Frau ihm zuwenden möge, denn er will die Farbe ihrer Augen sehen, will sehen, dass sie es wagt, diesen angespannten Mann anzuschauen, der an dieser wundervollen Ehefrau klebt, die hingegeben an ihm hängt wie ein hübsches Seidentuch. Er sieht, wie der Wirt zu ihr geht, sieht seinen Körper eines Kistenträgers, die aufgekrempelten Hemdsärmel und die grauen Haare auf seinen Armen; Serge spürt die Bedrohung, er presst Lucie an sich, sie sind zwei Kinder, denen man eine schreckliche Geschichte erzählen wird, eine bedrohliche Geschichte, die er nicht hören möchte; und der Wirt umkreist die Frau, die Arme zur Seite gestreckt wie bei einem schlechten Bauchtanz, und sie klatscht in die Hände, sie ist gewöhnlich, ordinär, sie lacht, und die Bar wird hell, sie wirft Strahlen von Helligkeit um sich; und endlich sieht Serge ihre Augen, braun, vielleicht schwarz, wer weiß, es geht so schnell, er verabscheut sie sogleich, ihre Sorglosigkeit, diese Freiheit, eine erbärmliche Provokation. Serge zuckt zusammen, als das Lied aufhört, und ist überrascht von seiner Wut. Man hört wieder die Gläser, das Lachen und vereinzelten Beifall. Lucie richtet sich auf, Serges Hand ist schmierig, er wischt sie an seiner Hose ab, ohne es zu merken, ohne die Kränkung wahrzunehmen, die er Lucie zufügt. Die Frau verlässt die Tanzfläche und kommt auf ihn zu, streckt ihm die Hand hin.

»Das ist Suzanne«, sagt Lucie.

Serge drückt Suzannes Hand, er sucht die genaue Farbe ihres Blicks, er hat diesen konzentrierten und misstrauischen Ausdruck.

»Das ist wirklich komisch«, sagt Suzanne zu Lucie, »wir haben uns noch nie hier im Viertel getroffen, und jetzt schon zum zweiten Mal an einem Tag!«

Lucie lacht ein bisschen, um diese banale Feststellung zu begleiten, aber es herrscht so ein Lärm, und die Band spielt *Since I've been loving you*, und ihr Lachen ist unhörbar, also brüllt sie:

»Suzanne stimmt Théos Klavier!«, und so herausgeschrien wird es eine unglaubliche Neuigkeit.

Serge zuckt zurück und nickt, um zu zeigen, dass er verstanden hat und dass das Gespräch beendet ist.

»Ich gehe, es ist mir zu voll«, sagt Suzanne.

Sie grüßt mit einer Handbewegung und geht, ohne noch mit jemandem zu sprechen, weder mit den Musikern, noch mit dem Wirt, das ist der Vorteil der Menge: Man sieht einen darin und vergisst einen auch. Sie verschwindet in der Kälte der weißen Scheinwerfer und der aufgereihten Mülltonnen. Und Serge bleibt auf der Bank aus zerschlitztem Kunstleder sitzen. In ihm dröhnt es laut, wie ein Echo im Stein. Dumpf und erschreckend fröhlich. Er hört und spürt die Wellen, die sein Herz in seinem Körper verbreitet, seine Fingerspitzen kribbeln, seine Füße trommeln im Rhythmus auf den Boden, im selben Rhythmus wie sein Blut, als hätte man plötzlich ein Steinchen oder eine Nadel aus seinen Adern entfernt – was für eine Befreiung. »Wir fahren im Taxi nach Hause«, sagt Lucie, und sie nimmt ihr Mobiltelefon, um das Unternehmen anzurufen, bei dem sie ein Abonnement hat, aber es herrscht so ein Lärm, dass sie vor die Tür treten muss, dorthin, wo die Raucher auf dem Asphalt rumstehen und gegen die Kälte kämpfen. Sie sind so alt wie sie. Trotzdem gehört sie nicht zu ihnen. Gehört woandershin. Zu Serge. Zu Théo und Chloé. Zu Sanftheit und Geld. Und sie weint, ohne zu wissen, weshalb.

IN DER NACHT, die der Bar folgt, der Nacht nach der Begegnung mit Suzanne, schläft Serge nicht. Oder nur ein paar Minuten, mehrmals in der Nacht, Luftlöcher. Es sind wilde Minuten, voll von raschen, farbigen Träumen, in denen Sätze ausgestoßen werden; Serge denkt, dass er sie behalten wird, sie sind so präzise, aber er vergisst sie, und sie mischen sich mit den Traumbildern, Wellen, die ihn überschwemmen, nassen Straßen, in denen er sich verläuft, der Schnauze eines Windhunds, deutlich, riesig, so präsent, dass er mit einem Schlag erwacht, als hätte man ihn von hinten gestoßen und er würde fallen. Dann steht er auf, geht durch das schlafende Haus mit den zarten Gerüchen, die von den Möbeln aufsteigen wie ein vorsichtiger Atem. Im Salon zeichnet der Lack des Flügels einen schwachen Lichtstrich, Serge legt die Hand darauf, er zögert und setzt sich. Der Hocker ist zu hoch für ihn, und seine Knie berühren das Holz, wie bei einem Mann, der in ein Autoscooterfahrzeug gezwängt ist. Lucie hat auf dem Markt Rosen gekauft, sie verströmen einen süßlichen und jetzt schon staubigen Geruch. Serge denkt an Suzanne, die ohne jede Furcht tanzt, die lebt, ohne dass ihr jemand zu Hilfe eilt. Und von diesem Gedanken bekommt er Bauchschmerzen. Er kann die Beklemmung nicht mehr vom Begehren unterscheiden. Er denkt an sie und er will sie. Unvollkommen, abgenutzt, präsent, er will sie. Aber das ist nicht ernst, man muss sicher nur die Stunden vergehen, den Tag anbrechen lassen, und dann wird es sich auflösen, dieses brutale Verlangen. Übrig bleiben wird nur die amüsante Erinnerung an eine Verrücktheit. Er sagt sich das, er argumentiert, und je mehr er argumentiert, desto mehr will er sie, will er diese über vierzigjährige Frau, klein und dünn wie ein Mädchen, die mit dem dicken, stinkenden Wirt lacht, und er erinnert sich, dass er ihr schon mal begegnet ist, an ihre Turnschuhe und ihr Köfferchen ... Er hatte die Gartentür von innen geöffnet, als sie gerade hereinkommen wollte, und sie war in sein Haus gegangen. Serge klappt den Flügel auf, die Tasten sind weiß. Linde und Plastik. Er erinnert sich an Elfenbeintasten, vergilbt wie Zähne, abgenutzt und voll verschiedener Fingerabdrücke. Er öffnet die Hand, die kleine, kurze; mit welchem Stolz machte seine Mutter diese Bewegung: »Ich kann anderthalb Oktaven mit einer Hand greifen!« Serge schließt den Flügel und geht hinaus.

Der Garten ist kalt, erfüllt von dumpfem Leben, Serge fragt sich, wie spät es ist und ob die Karmeliterinnen wach sind. Beten sie schon? Wie viele Männer und Frauen stoßen sich an der Nacht, mit welcher Bedrängnis erleiden sie ihre wiederholte, hartnäckige Schlaflosigkeit, ohne zu wissen, dass sie nicht allein sind, sondern zu einer großen Gruppe gehören, der Gruppe der Wachen, deren Nacht nie zu Ende geht. Er schaut in den schwarzen Himmel und die Lichtlöcher der Sterne, es wird schön werden morgen, alles ist bereit. Er setzt sich auf die Steinbank, um besser an Suzanne zu denken. Er hat Lust, an sie zu denken und es zu genießen, und was ihn im Haus quälte, erscheint ihm hier draußen wie eine Wohltat. Er hat das Recht, an diese Begegnung zu denken. Erneut das Lied von Otis Redding zu hören und zu verstehen versuchen, was sich von ihm losreißt und zu ihr hinzieht. Es wird nicht schwer sein, ihren Namen, ihre Adresse, ihre Telefonnummer zu erfahren. Und Serges Körper wird von Ängsten, von kurzen elektrischen Schlägen durchzuckt, es ist erschreckend, dass es so einfach, dass es *möglich* sein soll. Er fragt sich, ob er diese Frau will, weil er sich langweilt, weil er Angst hat, weil er einen Beweis, eine Herausforderung braucht. Aber Suzannes Anziehungskraft hat keinen Bezug dazu, hat zu nichts Bezug. Und dieses Nichts zieht ihn an. Diese Frau ist womöglich leer. Sie ist gewöhnlich und leer, ist es das, was ich will: ausruhen? Er weiß, dass es nicht stimmt. Diese Frau ist voll und verhalten, der Tanz hat nur einen Bruchteil ihres Lichts herausgelassen, er weiß das, und er weiß auch, dass das Übrige, die Gesamtheit ihres Lichts, für ihn bestimmt ist.

AM NÄCHSTEN MORGEN denkt er, dass er üble Kopfschmerzen haben wird, seinen Post-Schlaflosigkeit-Pappmaschee-Kopf. Aber sein Gesicht ist klar, sein Blick amüsiert, etwas überrascht und aufmerksam. Er empfängt diesen Blick mit solchem Erstaunen, dass er zurückschreckt, als er sich im großen Badezimmerspiegel sieht, und er fragt sich, was Lucie sagen wird, aber Lucie sagt nichts, und alles ist wie üblich, der Kaffee, der frisch gepresste Orangensaft, alles ist in Ordnung. Er weiß, dass er es tun wird. Er wird das Schubfach öffnen, in das Lucie ihr Adressbuch legt, er wird es heimlich machen, wird Suzannes Adresse suchen und noch heute hingehen, denn jetzt ist es eine Obsession, und er will Klarheit haben. Er findet die Adresse, er ist erregt und gereizt, dass es so nah ist, weiter unten, hinter der Place des Abbesses, weniger angenehme Straßen, weniger dem Himmel zugewandt als die, in der er wohnt, und er sagt sich, dass es vielleicht daran liegt, dass diese Frau gewöhnlich ist, denn sie lebt unter gewöhnlichen Leuten, nah bei den Metroausgängen und den arabischen Händlern, nah bei den Multiplexkinos und den Shit-Dealern. Er belügt Lucie. Zum ersten Mal. Er öffnet die Bresche, und danach ist es zu spät. Er sagt, dass er jemandem eine

Wohnung im Viertel zeigt, dass er das Auto später holen kommt.

Er geht die Straßen hinunter, er verlässt Montmartre, und schon ist Montmartre anders, eine geplatzte, zum Himmel geöffnete Frucht. Er lässt das zu kleine Land hinter sich und geht mit den anderen Fußgängern, Entspannten, Hektischen, Paaren, Alten, Hässlichen, Phlegmatischen, und es kommt ihm vor, als würden alle vorgeben, nichts zu wissen, es aber doch wissen: Dieser Mann hat ein Geheimnis, das man sieht, dieser Mann ist neu in diesen Straßen, dieser Mann hat ein Herz, das klopft.

Er kommt vor ihrem Haus an. Rue de Douai 18. Er sieht sich um, aber nichts ähnelt dieser Frau, nichts weist darauf hin, dass sie jeden Morgen diese Straße entlangläuft, dass sie damit beginnt, hier zu sein. Es gibt Gitarrengeschäfte. Parkuhren. Auf dem Bürgersteig abgestellte Mopeds. Es gibt Anschläge an den Türen der Gitarrengeschäfte. Anschläge an den Parkuhren. Zettel an den Wänden. Und sie? Sie gibt auf dem Klingelschild den Namen eines Mannes neben ihrem an. Ihres Mannes. Natürlich ist sie verheiratet. Organisiert. Sie tanzt in billigen Lokalen, sie lacht mit dem Wirt und sagt Sachen wie: »Wir haben uns noch nie hier im Viertel getroffen, und jetzt schon zum zweiten Mal an einem Tag!« Ihr Mann heißt Antoine. Serge hebt den Kopf, er betrachtet die graue Fassade, hinter der sich Antoine und Suzanne verstecken, und er hat Lust, Steine zu werfen, sie aufzufordern, sich zu zeigen, geht es diesem Antoine gut mit ihr? Dieser Antoine tanzt nicht. Oder er reist. Vielleicht ist er Pianist, er hatte keinen Erfolg, und sie ermutigt ihn weiter, weil das nette und anspruchslose Frauen so machen, und meistens bezahlt sie die Miete. Serge will gehen. Die Straße verlassen, in die die Sonne noch nicht scheint. Seine Anwesenheit kommt ihm wie ein Einbruch vor, eine völlig deplazierte Handlung. Aber er geht nicht. Er drückt gegen die Tür der Rue de Douai 18. Die Tür geht nicht auf, man braucht natürlich einen Code. Was glaubt er denn? Serge lehnt sich gegen die schmutzige Wand und fragt sich, was er glaubt, was hier geschieht, schuldet ihm diese Frau irgendwas, in irgendeiner Hinsicht, kennen sie sich, gehört sie vielleicht zu einem Teil seines Lebens, in ihrem Alter wäre das möglich, aber welches Leben? Sie gehört nicht zu seiner Welt, weder der von gestern noch der von heute, sie ist alles, was er nicht kennt, sie gleicht einer Frau, die man verwechseln kann, jemandem, den man auf dem Schulweg oder beim Bäcker trifft, einer beliebigen Passantin. Er drückt noch mal gegen die Tür. Er versucht einen idiotischen Code: »0000A«, dann »007«. Er lauert auf einen Hausbewohner. Der hereingeht. Herauskommt. Er zählt. Bis zehn. Bei zehn wird jemand kommen und aufmachen. Aber es klappt nicht. Er zählt bis dreißig. Bis hundert. Bei hundert geht die Tür auf.

DEN GANZEN TAG LANG WARTET ER. Er weiß, dass eine Frau wie sie abends nach Hause kommt. Was sollte sie sonst tun? Sie stimmt Klaviere, und abends kommt sie zurück in die Rue de Douai 18. Er tut nichts anderes als warten. Das ist eine radikale Umstellung, eine Befreiung von den gewöhnlich am Rande des Erstickens gelebten Stunden. Sein Telefon ist ausgeschaltet, als wäre er noch in seinem Auto, aber er hört nicht Mozart, er *vergeudet* seinen Tag, und das verlangt wahrhaft Aufmerksamkeit, er hat die Faust geöffnet, und zwischen seinen Fingern fließt die Luft und verteilt sich. Er will mit eigenen Augen sehen, feststellen, wer Suzanne ist. Er raucht ein bisschen, während er auf dem gepflasterten Hof wartet, und glücklicherweise gibt es keinen Concierge, und niemand stellt ihm Fragen, er gleicht einem nicht zu entwurzelnden, nicht zu beeinflussenden Mann.

Plötzlich, am Nachmittag, ist der Himmel grau wie das Meer, elektrisch und kalt, er wird brutal, und der Blitz geht auf Paris nieder. Gongschläge ohne Echo. Serge flüchtet unter das Vordach, als der Regen heftig und dicht fällt, und er weiß, dass Suzanne kommen wird. Sie ist auf dem Heimweg, mit ihrem Köfferchen und ihren Turnschuhen, ihrem Gesicht einer Frau, die seit vielen Jahren arbeitet und die nichts aufhält. Er weiß es, es ist so. Eine Gewissheit. Sie wird mit dem Regen kommen, das ist alles. Der Geruch der nassen Erde steigt vom Boden auf, und es ist Herbst. Der Schlamm quillt zwischen den Pflastersteinen hervor, der Wind treibt den Regen unter das Vordach, ganz schnell ist Serge völlig durchnässt, Lichter gehen in den Wohnungen an, und dann ist sie es, Suzanne. Sie stößt die Holztür auf, und er erkennt sie, und sie erkennt ihn auch. Sie begrüßt ihn mit einer Spur Überraschung und setzt ihren Weg fort. Sie hat einen geschlossenen Regenschirm in der Hand, und ihre wie eine Schmachtlocke an der Stirn klebenden Haare lassen sie altmodisch aussehen, ihre Wimperntusche ist zerlaufen, sie hat schwarze Ringe unter den Augen. Wie alt ist sie eigentlich, fragt sich Serge, und er findet sie hässlich, und klein, noch kleiner als am Vortag, kleiner als in seiner Erinnerung, sie niest, als sie das Haus betritt, und ihr Niesen hallt im Treppenhaus; Serge folgt ihr, also dreht sie sich um, wischt mit der Hand unter der Nase entlang, schnieft ein bisschen und fragt:

»Sie sind Lucies Mann, stimmt's?«

»Ich sollte zu einer Besichtigung, aber … bei dem Regen.«

»Eine Besichtigung?«

»Eine Wohnung. Ich bin … das ist mein Beruf.«

»Ist hier im Haus eine Wohnung zu verkaufen?«

»Nein.«

Sie sieht ihn einen kurzen Moment an, ihre Augen sind

schwarz, lebendig wie die der Straßenkinder. Sie ähnelt einem scheinbar zahmen Tier, dessen Wildheit schläft, sie ist eine Instinktfrau. Sie schenkt Serge ein eiliges Lächeln, dann geht sie die Treppe hinauf, nachdem sie ihn gebeten hat, Lucie zu grüßen. Serge hört ihre Schritte, die klitschnassen Turnschuhe auf dem rot-grünen Teppich, der die abgetretenen Holzstufen bedeckt. Ist das die Frau, die er den ganzen Tag erwartet hat? Die Frau, die ihm heute Nacht den Schlaf geraubt hat? Hat er jedes Urteilsvermögen verloren? Jeden Sinn für Ästhetik? Ist er krank? Er umklammert das Geländer und rennt die fünf Stockwerke hinauf, holt Suzanne in dem Moment ein, als sie ihre Tür aufmacht, er ist außer Atem und wütend. Sie bittet ihn herein.

ER BETRITT IHRE WOHNUNG, als gebe es keinen anderen Ort, um sich unterzustellen. Sie bietet ihm Tee an, Kaffee, vielleicht Wein, er will Wein, sie sieht zu, wie er ihn trinkt, schnell, ohne ihn zu schmecken, man könnte meinen, er wolle ihn loswerden, er sei schrecklich verärgert. Sie schaut ihn schweigend an und sieht einen Regentropfen seine Wange hinunter und seinen Hals entlanglaufen, wie eine Perle, seinen Hals, an dem neben dem hervortretenden Adamsapfel das Blut pulsiert. Es vergeht Zeit, bevor er spricht, seine Stimme ist heiser, vielleicht hat er sich erkältet, er ist klitschnass.

»Haben Sie meinen Sohn schon Klavier spielen gehört? Ist er begabt?«

»Ich habe ihn nie gehört, nein.«

»Es ist seine Mutter, glaube ich, die es will, er … Er hat keine richtige Lust.«

»Das kommt vor.«

»Natürlich. Ständig. Sie erleben das sicher ständig. Oder?«

»Nein.«

Er sieht ein bisschen das Zimmer an, es ähnelt in nichts dem, was er kennt, er hat vielleicht schon mal so eine Wohnung gesehen, als er Student war, und selbst da war es nie so grau, aber wenn die Sonne scheint, sehen die Zimmer sicher weniger alt aus, vielleicht passt das auch am besten zu diesem Ort ohne Komfort: der Regen, der aus einem Himmel ohne Licht fällt, die Ahnung, dass man besser nicht hinausgehen sollte.

»Die Tonleitern, wenn man nicht begabt ist, ich meine, wenn man anfängt, das ist anstrengend. Vor allem für die anderen.«

»Das ist eintönig, stimmt.«

»Am schlimmsten soll die Geige sein, Anfängerübungen auf der Geige, wie ... eine Sirene ... als würde man jemandem die Kehle durchschneiden ... Habe ich gehört.«

Sie gießt ihm noch Wein ein, er trinkt ihn langsam, zurückgelehnt, und seine Hand zittert etwas, als er das Glas abstellt.

»Sie haben hier kein Klavier, das ist merkwürdig.«

»Nein. Ich habe kein Klavier.«

Er hat eine neue Offenheit an sich, etwas Einfaches und Ungewisses, und seine Anwesenheit erscheint natürlich, als wäre er Suzanne nicht gefolgt, sondern sie hätte ihn eingeladen zu kommen und ein Glas zu trinken. Sie macht keine Konversation. Sie sieht ihn an und wartet. Draußen regnet es nicht mehr, man hört das Wasser aus den Regenrinnen strömen und schon die Vögel, ihr schrilles Zwitschern und ihr chaotisches Flattern in den Platanen auf dem Hof. Serge hat Lust, das Fenster aufzumachen, den Geruch der Erde bis in die Wohnung heraufsteigen zu lassen, Lust auf ein drittes Glas Wein, aber er sagte: Ich muss los. Er geht los. Und so fängt diese Geschichte an.

SERGE SIEHT DIE RUE DE DOUAI durch die halb geöffnete Haustür. Die Straße, die weiterlebt, trotz der Wucht des Gewitters, das niedergegangen ist, und er ist sicher der Einzige, der spürt, wie sehr sich alles verändert hat. Er schaut diese Welt an, der er sich entzogen hat, und steht dort, am Rand der Straße, ohne sie zu betreten. Etwas ruft ihn, das er nicht benennen könnte. Eine Lust auf Gefahr, eine Lust, die Stadt, die gefärbten Scheiben, sein herausgeputztes Leben zu vergessen. Nur ein bisschen, den ausgetretenen Pfad zu verlassen. Danach zurückzukehren. Und nicht mehr daran zu denken. Voilà. Das ist eine Sache von einer Stunde … Nicht mal. Das ist wie ein Auslandsbesuch, mit der kleinen, geheimen Freude zu wissen, dass man niemals dort wohnen wird und sich das Beste davon nimmt, die Neuheit des Vergänglichen.

Er schaut auf die nassen, nie gewaschenen Bürgersteige, die blubbernden Gullys und die Autoräder im schmutzigen Wasser … und er schließt die Tür wieder. Er wird nicht gehen, es ist zu spät. Es ist entschieden.

Er geht erneut in die fünfte Etage, er klingelt lange bei Suzanne, ohne den Finger von der Klingel zu nehmen, bis sie ihm aufmacht.

Er müsste in diesem Moment mannhaft sein. Diese

Situation müsste es sein, ein Mann klingelt an einer Tür, er weiß, was er will, er hat nicht den geringsten Zweifel. Er aber ist es nicht. Er schaut diese Frau an, ihre unterbrochene Bewegung, das Handtuch, mit dem sie sich die Haare trocknet, ihr erstaunter Blick, der sich in seinen bohrt und eine Antwort erwartet, und versteht. Sie legt das Handtuch auf Serges Haare, reibt sanft seinen Kopf und sagt: Ihnen muss kalt sein, mit ganz leiser Stimme, die neu für sie ist und sie etwas überrascht. Serge riecht ihren Geruch einer Frau, die durch den Regen gerannt ist, sie reibt seinen Kopf, als hätte sie erraten, dass dort all seine Schmerzen stecken, seine unerträgliche Migräne und seine Wut. Er schließt die Augen, und seine Schultern erschlaffen, es scheint ihm, er atme besser, eine Unruhe ende. Er nimmt sie in die Arme, ohne daran gedacht zu haben, drückt sie an sich, als würde er sie so lange schon kennen und sie würden sich trennen, als sei es plötzlich unerträglich zu wissen, was man nicht festhält, was man verliert. Die Freunde. Die Jugend. Die Eltern. Die Liebe. Das Leben. Weil Serge weiß, dass alles um ihn herum schwindet, drückt er Suzanne so fest an sich, und dann wagt er es, ihr Gesicht in den Händen zu halten und sie anzuschauen. Er würde sich wünschen, dass es einfach ist, und zwischen seinen Händen, seinen kurzen Fingern, die er nicht mag, ist Suzannes Gesicht auf ihre Augen reduziert, schwarz, glühend, geweitet von der vagen Angst, die sie jetzt verspürt, denn sie sieht in seinem Blick, dass es nichts zu erklären gibt. Also legt Serge sein Gesicht sanft an ihres und küsst sie mit unendlicher Vorsicht, denn genau hier fängt alles an, und sie sind beide sehr stark und sehr zerbrechlich. Und dann lacht er ein bisschen, den Mund an ihrem, er weiß, dass er gut daran getan hat, den ganzen Tag auf sie zu warten, er hatte recht, an das zu glauben, was ihn hielt.

SIE SCHLAFEN MITEINANDER. Im Bett des Ehemanns, der nicht mehr existiert, weil nichts existiert, das benannt werden kann. Und sie sprechen nicht, sie lassen die Entscheidung anders geschehen, ohne Plan oder Willen, es ist eine Frage der Haut. Sie sind nackt, ohne Scham, und sie klammern sich ganz fest aneinander, als lauerte ein Feind, stünde in der Zimmertür. Sie sind an dem einzigen Ort, der die Mühe lohnt zu leben, dem einzigen Ort ohne Worte und ohne Zurückhaltung, der Wahrheit. Serge dringt in Suzanne ein, und der Respekt wird von der Gewalt zunichtegemacht, es ist eine Schwäche, eine Hommage, er ist in ihr voller Inbrunst, geführt und gehalten von der Lust, die ihn leiden lässt, und als es vorbei ist, lässt er sich fallen. Er lastet auf ihr mit dem Gewicht eines toten Pferdes. Dem Gewicht eines zu schweren Lebens, und er bittet um Verzeihung, denn Suzanne hat diesen Höhepunkt nicht geteilt, nichts hätte ihn zurückhalten können, kein Bewusstsein, kein anderes Leben als seins. Und für einmal hat er sich wiedererkannt. Ein paar Sekunden lang war er es, das weiß er.

»Pardon.«

Er pustet es in ihren Hals, ihr wirres Haar, und er gleitet aus ihr heraus, um sie nicht mehr am Atmen zu hindern. Er könnte hundert Jahre schlafen. Er könnte ohne Bewusstsein bleiben, schweben und ohnmächtig werden, nichts mehr zu beweisen haben, einfach schlafen, mit seinem ganzen Körper. Aber sie nimmt sanft seine Hand, legt sie auf ihr nasses Geschlecht und schiebt seine Finger in sich, sie ist keine Frau, die sich opfert, denkt er, die sich mit wenig zufriedengibt, also gibt er ihr, was sie erwartet. Er hört sie. Zum ersten Mal. Sie legt den Arm vor die Augen, als sie schreit, und beißt sich in die Hand, um weniger Lärm zu machen, er ist erstaunt, dass sie daran denkt, die Nachbarn hinter der Wand, oder vielleicht ist sie nicht an ihren Schrei gewöhnt … Aber was bildet er sich ein? Er ist im Bett des Ehemanns, und er hat es eilig davonzulaufen.

Sie fragt nichts. Sie spricht nicht, setzt sich nicht im Bett auf, um ihm beim Anziehen und Gehen zuzusehen. Sie hat sich umgedreht, und sie schließt die Augen, das Gesicht auf dem Kopfkissen. Er schaut sie ein bisschen an, während er eilig seine Hose und seine nassen Socken anzieht, er schaut sie an, um nicht das eheliche Schlafzimmer zu sehen, etwas ärmlich, nichts, das erahnen ließe, was für ein Paar das ist, Suzanne und Antoine. Nichts spricht von ihnen, und Serge ist ein Fremder. Ein Tourist, mehr denn je. Er kniet sich vor Suzanne hin, hebt mit seiner dicken Hand ihre nassen Haare hoch und sieht ihre schwarzen Augen, ganz weit geöffnet, reines Onyx, und die Träne im Augenwinkel, die einzige Träne, die nicht geflossen ist, das ist erschreckend, dieser Tropfen des Schmerzes, der am Grat ihrer Nase hängenbleibt. Er hat jetzt etwas Angst vor ihr, sie ist nicht die einfache Frau, die er braucht, sie ist wie die anderen, kompliziert, schmerzerfüllt, sie weint nach dem Orgasmus. Er legt die Zunge an den Grat ihrer Nase, voilà, er nimmt ihn mit, diesen kleine Salzgeschmack, das ist der Geschmack der Frauen. Was soll er jetzt sagen? Doch wohl nicht Danke, das wäre ordinär, nicht Bis bald, das wäre eine Lüge, Schönen Abend, was für ein Hohn, er weiß, was er ihr dalässt, das Bett, das sie machen, die Dusche, die sie nehmen, das Weinglas, das sie waschen muss …

»Auf Wiedersehen«, sagt Suzanne.

Er nickt als Antwort. Das ist gut. Auf Wiedersehen … Er sagt es in Gedanken: Auf Wiedersehen … Dann geht er hinaus, auf Zehenspitzen, er weiß nicht, warum, er schleicht wie ein Dieb.

WAS FÜR EINE ERLEICHTERUNG am Abend, Lucie, die Kinder, das Haus wiederzufinden, und lügen tut beinah gut; Serge hat das Gefühl, dass alles verschwindet, als er seiner Frau erzählt, dass er wegen eines Wasserschadens in der obersten Etage den Tag mit den Versicherungsleuten verbracht habe, anstatt wie geplant die Wohnung im Dritten zu verkaufen.

»Wie bist du nur auf die Idee gekommen, in der Nähe der Place Clichy zu kaufen«, sagt Lucy, »was ist denn mit dir los?«

Was ist mit mir los?, fragt sich Serge und reicht ihr sein Glas für einen zweiten Whisky.

»Du hast recht, ich habe mich erweichen lassen von dieser ... der Tochter von Madame Jeanin, weißt du? Nein, du weißt natürlich nicht, Madame Jeanin, ich kümmere mich um ihr Haus in der Avenue de Breteuil, und dann hat ihre Tochter, die mit diesem Trottel verheiratet ist ...«

»Serge, hör auf! Du machst mich ganz verrückt, mein Schatz!«

Lucie hat recht. Warum all diese Einzelheiten, genau das ist ungewöhnlich, diese Erklärungen, diese öde Geschichte ist fast ein Eingeständnis der Lüge, also geht Serge in die Küche, das Essen kosten, geht ins Badezimmer und lässt sich Wasser übers Gesicht laufen, geht in Chloés Zimmer und setzt sich neben sie auf den rosa Teppich, wo sich Barbie auf den Karaokeabend vorbereitet.

»Sie ist hübsch, findest du auch, mit ihrem Rock, der sich dreht? Guck mal, Papa, wie er sich dreht.«

»O ja. Sie ist sehr hübsch.«

»Machst du mit mir Karaoke, Papa, nimmst du Ken?«

Es ist verrückt, wie ähnlich sie ihrer Mutter ist, die gleiche gewölbte Stirn, die gleichen blauen Augen; zum Glück hat sie nichts von ihm, seine zu dünnen Lippen, seine braunen Augen, das würde nicht zu einem Mädchen passen. Er drückt einen Kuss auf ihre rosige Wange, seine kleine Tochter ist genauso neu und sauber wie ihr Zimmer, man darf gar nicht daran denken, was die Zeit daraus machen wird.

Im Flur sieht er durch die angelehnte Tür Théo konzentriert und mit gerunzelter Stirn an seinem Schreibtisch sitzen. Er hingegen ist ihm ähnlich, es ist erschreckend, er sieht jetzt schon aus, als wüsste er zu viel. Serge beobachtet ihn eine Weile. Lächle doch mal!, denkt er, Amüsier dich, sei wie deine Mutter und deine Schwester, Herr im Himmel! Der Junge hat sich umgedreht und schaut seinen Vater an, also winkt Serge ihm ganz kurz zu, wie man einem Nachbarn zuwinkt, wenn man keine Lust hat, ein Gespräch anzufangen, er tut seine Anwesenheit kund, ohne Verpflichtung. Théo lächelt ihm zu und wartet, Serge sieht, dass er schnell den Arm über die Seite gelegt hat, auf die er gerade geschrieben hat. Er nickt mit dem Lächeln eines Immobilienverkäufers und geht weg, so schnell er kann. Théo, über seinen Kalender gebeugt, zögert, ein Kreuz unter dem Datum dieses Tages zu machen, denn sein Wunsch hat sich nicht erfüllt, also schlägt er einen anderen vor, er radiert »heimlich üben« aus und schreibt »Versteckspielen« hin. Dann geht er zu Chloé und schlägt ihr eine Runde vor, damit sich sein alberner Wunsch erfüllt und er sein Kreuz machen kann. Hat *Für Elise* eben Pech. Es will ja sowieso niemand hören.

Der Trübsinn packt ihn ganz plötzlich beim Essen. Serge starrt auf die Lachseier und die Toasts, den Sancerre, die Kristallgläser, und er fragt Lucie, was sie heute gemacht hat. Sie wedelt mit der Hand vor ihrem Gesicht und erzählt mit einem halben Lachen, dieses Gewitter, sie hatte in der zweiten Reihe geparkt, die Arme voller Taschen, Du kannst es dir nicht vorstellen, dieser Hund da, dieser riesige Hund, der sich vor mir schüttelte, und er sah genau, aber haargenau wie der Hund von Großpapa aus, weißt du, ich hatte Lust, ihn zu streicheln!

»So ... Und hast du ihn dann gestreichelt?«

Jetzt lacht sie richtig, sie ist schön, Gott, ist sie schön, Serge schnürt es die Kehle zu.

»Ja! Ich habe die Pakete auf den Boden gestellt, auf den nassen Bürgersteig. Aber wirklich, weißt du, es war Gribouille, wie er leibt und lebt, die gleiche Schnauze, die gleichen Augen ... Hörst du mir zu? Serge, hörst du mir zu?«

Es wäre einfacher, wenn sie weniger schön wäre, oder?

Weniger jung, weniger fröhlich, weniger die Mutter seiner Kinder. Und warum macht alles sie glücklich? Warum gesteht sie ihm nicht wenigstens einmal, dass sie sauer ist, dass sie all den anderen Frauen gleicht, die sich über einen vom Regen verdorbenen Shoppingtag ärgern? Was kann man jemandem sagen, der jeden Tag, der kommt, wie eine unerwartete Überraschung empfängt, wenn man selbst sich nur eines wünscht: genau *neben* seinem eigenen Dasein zu laufen? Weiß sie, dass er ihr böse ist, wenn sie ihm morgens Auf Wiedersehen sagt? Nur deshalb, weil er gern dasselbe machen würde wie sie: sich Auf Wiedersehen sagen und sich selbst verlassen. Wenigstens für ein paar Stunden. Aber nein, er ist es, es ist immer er, der in sein Luxusauto einsteigt, Richtung Avenue Mandel.

»Serge? Woran denkst du denn? Soll Simone dir etwas anderes zu essen machen?«

Er nimmt ihre Hand, zieht sie hoch, führt sie ins Schlafzimmer, sie flüstert glücklich »Und Simone? Serge!« Und er liebt sie sanft, respektvoll, wie er es mit Suzanne nicht gemacht hat, er kontrolliert seinen Höhepunkt und ihren, er betrachtet sie, den glatten, duftenden, geschmeidigen Körper … Er würde gern brüllen. Das alles hat er nie verdient. Er ist ein als kleiner Prinz verkleideter Bettelknabe. Ein als Märchenprinz verkleideter Lügner.

Nach der Liebe steht er auf. Er hat mehrere Frauengerüche an den Händen, er ist traurig und so müde. Er öffnet die Tür seines Sohns einen Spalt, wirft einen Blick hinein; Théo schläft, also geht Serge ins Zimmer und setzt sich auf sein Bett. Das ist er, denkt er, das ist mein Sohn.

Er betrachtet die glatte Stirn, den Abdruck des Lakens auf seiner Wange, die geschlossenen Lippen, wie kann man mit geschlossenem Mund schlafen? Warum macht Théo das? Und instinktiv sieht er nach seinen Händen, überzeugt, dass auch er die Fäuste geballt hat, aber nein, Théos Hände sind offen, was für ein Wunder, alle diese Finger, Lucie hat sie gezählt, als er geboren wurde, auch die Zehen, und dann hat sie geweint, weil die Ohren »so vollkommen« waren. Er hatte sich gefragt, wie ein fünfzig Zentimeter großes Geschöpf solche Macht haben konnte, und er hatte verstanden, warum er nie Kinder wollte, er hatte in diesem Moment gewusst, dass die fünfzig Zentimeter ein Leben einschlossen, und ein anderes vor ihm, und dann noch ein anderes davor, alles war seit Generationen festgeschrieben, in der Tiefe jeder Zelle, die sich so oft vervielfältigen würde, bis sich diese wenigen Zentimeter über Monate, Jahre entwickeln würden, riesig, unvermeidbar, eine volle Ladung Wirklichkeit. Heute hält sich sein Sohn noch zurück, er ist noch nicht fertig mit Wachsen, und er hält den Mund geschlossen, aber bald … Ohne ihn anzuschauen, flüstert Serge »Wir sind sowieso ganz allein, daran musst du dich gewöhnen … das ist alles.«

Er geht aus dem Zimmer und hört Lucie mit Simone sprechen, wie jeden Abend gibt sie ihr Anweisungen für den nächsten Tag, sie hat nicht die Stimme einer Frau, die gerade mit einem Mann geschlafen hat. »Und wenn er es diesmal nicht geschafft hat, den Anzug von meinem

Mann zurückzuholen, dann wechseln wir die Reinigung, das verspreche ich Ihnen. Verlieren Sie den Abholschein nicht!« So ist der Abend voller Männer und Frauen, die tagsüber gevögelt haben und nichts davon bewahren. Man geht danach duschen, wie man sich die Hände wäscht, nachdem man gepinkelt hat, und macht etwas anderes, man »fängt sich wieder«. Hat sich Suzanne wieder gefangen? Hat sie ihren Mann ins Schlafzimmer gezogen, um alles wieder in Ordnung zu bringen? Serge greift nach seinem Mobiltelefon. Er ruft sie an, die einzige Nummer, die er hat. Wenn der Mann rangeht, denkt er, Antoine … Aber sie antwortet, mit ihrer Stimme, die er kaum kennt und in der er nichts lesen kann.

»Ich bin es«, sagt er, »Serge.«

»Ah … Geht es Ihnen gut?«

»Ich wollte wissen … Ja, danke, es geht mir gut.«

»Sie wollten wissen?«

»Hat sich etwas geändert? Für Sie?«

Er hört den Fernseher im Hintergrund, anscheinend ein Fußballspiel.

»Wird es weitergehen?«, fragt sie. »Kommen Sie wieder?«

»Nein.«

»Dann ändert es nichts. Schönen Abend.«

Sie legt auf, und Serge kommt es vor, als hätte sie ihm die Tür vor der Nase zugeknallt. Mit ihrer tiefen und so höflichen Stimme. Er macht den Fernseher an, Frankreich – Rumänien, wie konnte er es vergessen? Das Stade de France ist brechend voll, die Sicherheitsleute sind in höchster Alarmbereitschaft, Suzanne hat ihn gefragt, ob er wiederkommen werde, was stellt sie sich denn vor? Den Anfang einer Beziehung? Eine Affäre?

»Warum lachst du?«

Lucie setzt sich neben ihn.

»Ich? Ach so, wegen einem … Missverständnis.«

»Ein Missverständnis? Bei einem Fußballspiel?«

»Ja sicher! Der Kommentator hat sich versprochen, das kommt doch vor.«

»Reg dich nicht auf!«

»Ich rege mich nicht auf, ich habe Angst, dass wir die Qualifikation für die EM nicht schaffen, das ist alles.«

»Willst du einen Cognac?«

Er nimmt den Cognac mit diesem winzigen Groll, den er jetzt auf sie verspürt, die nichts bemerkt, die ihm seine Flegelei nicht übel nimmt, das Fußballspiel im Fernsehen nach der Liebe. Schließlich auch nicht schlimmer, als mit der Hausangestellten über die Reinigung zu diskutieren. Ein Paar von Neureichen, das sind sie, zwei Heuchler. Woran denken die Frauen, wenn man mit ihnen schläft? Welche Fantasien führen sie zum Höhepunkt? Zu wievielt liegt man in diesen verhurten Ehebetten? Plötzlich sieht er sie vor sich, sie, seine Mutter. Dieses Bild von ihr lässt ihn aufspringen. Sie glaubte, dass die Lüge aufhören könne. Sie war die große und ewige Liebende. Man darf nicht daran denken. Niemals.

Er geht raus. Er läuft durch die Gassen von Montmartre, voller Frische und Schlamm, der Wind versprüht Tröpfchen, er ist ganz allein, frei in der Nacht, seiner Frau, seinen Kindern, all diesem Besitz entkommen. Er versteht die Verrückten, die nackt herumlaufen und den Mond anheulen, er versteht die Katzen, die sich auf den Dächern paaren, die Tunten, die auf den Strich gehen, und alle, die sich in literweise Alkohol ertränken, alle, die ohne Zurückhaltung wagen, die alles auf eine Karte setzen, ohne Maß, ohne Berechnung und ohne einen Gedanken an die Zukunft. Die Reinigung am nächsten Tag … Ein Leben ohne Flecken.

UND DANN HAT ER SELTSAMERWEISE diesen neuen Blick auf die Frauen; er beobachtet sie durch die getönten Scheiben des Luxusautos, manchmal dreht er den Ton leiser, tritt Mozart in den Hintergrund. Im Vordergrund sind diese Frauen, die entschlossen, zerstreut, besorgt, glücklich aussehen, sie haben den Wind mit sich, in ihrem Haar, unter ihren Röcken, sie sind vierzig, fünfzig, sechzig Jahre alt und laufen, als hätten sie nie irgendjemanden nötig gehabt, und zum ersten Mal fragt sich Serge, wohin sie gehen, wie viele erotische Geheimnisse, vergrabene Tragödien sie haben, ob sie sich zusammenreißen, ob man sich um sie kümmert, in welchem Moment sie vor Müdigkeit umfallen, wie viele Gedanken, wie viele Kinder, wie viele Liebhaber sie gleichzeitig haben können. Das ist erschreckend. Alles ist möglich. An einem Morgen hält er an der Bushaltestelle oben an der Rue Blanche, er öffnet das Fenster und fragt eine Frau, ob er sie irgendwo absetzen kann. Sie war ihm eilig vorgekommen, er hatte sie auf die Uhr schauen sehen. Sie lacht, macht sich nicht mal die Mühe, ihm zu antworten, wendet den Kopf ab und spricht sogleich mit jemand anderem, vielleicht über ihn; er schämt sich, was für ein Missverständnis, wofür hält sie ihn denn, er flieht, Mozart voll aufgedreht, mit schamroten Wangen. In der Agentur fragt er seine Sekretärin, Madame Espérandieu, wann sie ihre Einkäufe erledigt, ob sie nicht gern einen freien Samstag hätte. Madame Espérandieu kneift die Augen zusammen und versucht zu verstehen, was sich hinter der Frage verbirgt … »Wollen Sie die Agentur umstrukturieren?« Er sagt: nein, er habe einfach so gefragt.

Zum ersten Mal beobachtet er sie, lauscht ihnen. Der Kundin im Bar-Tabac, die sich scheiden lässt und deren Mann lieber seine Arbeit aufgegeben hat, als Unterhalt für seine Kinder zu bezahlen, der Kieferorthopädin, die ihre alte Mutter zu sich geholt hat, obwohl sie weiß, dass sie jetzt unglücklich, verloren und hilflos ist, der Tankstellenkassiererin, die einen sechzehnjährigen Sohn hat; sie sagt, dass er nicht mal mehr den Mund aufmacht, um Guten Tag zu sagen, mit drei Jahren konnte er besser sprechen, sie verstand ihn besser, als er drei war. »Und er war so ein hübscher Junge!« Der Frau am Nebentisch im *Cottage*, die am Telefon lacht, weil ein Mann ihr gefällt und weil er sie »mein kleiner Schatz« genannt hat; sie ist dreiundfünfzig, aber sie fragt sich, ob das ein Zeichen sei. Er ist wohl verliebt, oder?

Serge ist sechzig. Und er denkt daran, wie wahr diese Formulierung ist, ich *bin* sechzig, ich bin jedes dieser sechzig Jahre, ich habe sie in mir, und sie gehören mir. Sechzig Jahre, das bin ich.

Und er sieht Suzanne vor sich. Ihren Arm, der das Gesicht verbirgt. Er denkt immer öfter an sie. Er stellt sich vor, wie er ihren Arm vom Gesicht wegzieht und sie anschaut.

ICH HABE MICH VERSTECKT, ich bin beiseitegetreten, eine ganze Zeit lang. Siebzehn Tage genau, bis Serge wiederkam. Ich war auf »Autopilot«, sagte Mathieu, der fand, dass mir die Wut fehle. (Ich schimpfte nicht mehr, wenn er zu spät kam, ich wartete nicht mehr auf ihn, er kam ins Konservatorium, und ich sagte nichts.) Ich war bewohnt von einer gewissenhaften Frau, die alles an meiner Stelle tat: Sie stand auf, machte Frühstück, fuhr zur Arbeit und kam zurück. Ich lauschte den Klavieren, wie Antoine in der Werkstatt in La Garenne-Colombes den Automotoren lauscht. Ich machte meinen Job. Ich hatte so viele Überlebensreflexe verinnerlicht, dass alles einfach war: Ich konnte den Herd abdrehen, wenn gerade ein Topf anbrannte, zurückspringen, wenn mich ein Auto zu überfahren drohte, ich konnte Ja zu Antoine sagen, wenn er mit mir schlafen wollte, ich schminkte mich sogar, wenn wir ausgingen, ich schwieg, wenn ich im Begriff war zu schreien, denn ich bin eine zivilisierte, nette, gut erzogene, liebende und verantwortungsvolle Frau. Wie die anderen. Die Danke sagen, anstatt loszulassen, wie Ballons ohne Schnur wegzufliegen, auszurasten. Alles in Ordnung, vielen Dank. Was willst du essen? Was willst du machen? Willst du ausgehen? Nach Hause? Den Fernseher anmachen? Den Fernseher ausmachen? Alles in Ordnung, aber ich weiß wirklich nicht, warum diese Wohnung so dunkel ist, wie viel Watt haben die Glühlampen? Es war immer so, bist du sicher? Aha. Aber das Badezimmer, wie verwandelt, ja, das gefällt mir, die großen Blumen auf dem gebrochenen Weiß, danke, aha, du fängst ein neues Puzzle an, *Die Seerosen*, das ist kühn, ja, ich habe es auch gesehen, sie eröffnen einen neuen G20-Supermarkt, ach, das ist doch nicht schlecht, ein bisschen Konkurrenz für *Félix Potin*. Wie bitte? *Félix Potin* gibt es gar nicht mehr, du hast recht, ich bin mit den Gedanken sonstwo! Zerstreut, findest du? Aber ich tue doch, was ich kann, ich konzentriere mich, ich komme jeden Abend zurück in diese Wohnung, die nach verbranntem Leder und Kaffee riecht, die nach dem riecht, was die Nachbarn kochen, die nach den Tagen riecht, die vergehen und sich anhäufen wie schmutzige Wäsche, ohne Form, ohne Neues; und ist das nicht die größte aller Ungerechtigkeiten, dass ein Mann, ein Unbekannter, an deine Tür klopft und in kaum einer Stunde dein Leben umstürzt?

UND EINES MORGENS ist es ganz kalt, es ist schön, Raureif an den Fensterrändern, Serge sieht den Garten wie ein Foto in weißem Rahmen, gesäumt von diesem Raureif. Er geht hinaus, um seine Linde zu begrüßen, er tätschelt sie, wie man die Kruppe eines Pferdes tätschelt, lässt die Hand auf ihrer Rinde liegen und sagt: »Genau das werde ich tun, genau das hätte sie getan. Man muss den Schleier zerreißen. Die Verwüstung verlagern. Ja, anstatt innerlich zerfressen zu werden, werde ich alles ringsum verwüsten … Meine Mutter hatte recht, man muss leben.« Er spürt, wie sich eine Decke über seine Schultern legt, er dreht sich um.

»Du wirst dir den Tod holen«, sagt Lucie. »Ich habe Chloé daran gehindert, dir zu folgen: barfuß auf den gefrorenen Rasen!«

Und sie drückt ihn an sich, als sie ins Haus zurückgehen, er gleicht einem Mann, der aus dem Wasser kommt, mit dieser Decke über den leicht gebeugten Schultern. In der Küche trinkt Chloé ihre Milch, sie strahlt ihn mit ihrem weißen Schnurrbart an: »Machst du Dummheiten, Papa?«

»Ja«, sagt Lucie, »Papa zeigt dir, was man nicht machen darf. Wenn man nicht krank werden will. Beeil dich, ich ziehe meinen Mantel an, und wir gehen los.«

Chloé lacht ihr heiseres Morgenlachen, eine Haarsträhne neben ihrem Mund ist voller Milch.

»Willst du Ochs am Berg spielen, Papa?«

»Heute Abend, wenn du willst.«

»Die Lehrerin sagt, dass die Bäume keine Winterblätter haben, damit sie sich nicht erkälten, stimmt das?«

»Das stimmt, beeil dich, mein Schatz, deine Mutter wartet auf dich.«

Chloé rutscht von ihrem Stuhl, legt die Serviette weg und küsst Serge, ein feuchter Kuss auf Zehenspitzen.

»Und sie hat noch gesagt, dass die Bäume, die alten, weißt du, jedenfalls, dass sie weniger atmen als die jungen.«

»Lauf schon!«

Es ist fast nichts, aber Serge spürt es. Er muss sich nicht umdrehen, um zu wissen, dass er da ist. Sein Sohn. Sein Spion. Er schlägt mit der Faust auf den Tisch, Chloés Milchtasse kippt um. Der Kleine hat verstanden. Serge hört, wie sich seine Schritte entfernen, hört Lucies Stimme, die Haustür, die ins Schloss fällt. Ihre vorsichtigen Schritte im Garten. Und dann nichts mehr.

JETZT, DA ES ENTSCHIEDEN IST, hat Serge es nicht eilig. Er ist beinahe ruhig, auch traurig, denn damit ein neues Leben auftaucht, muss wohl ein anderes sterben. Es ist unmöglich, dazubleiben wie zuvor, unmöglich, das Verlangen weiter zu unterdrücken. Er ist es nicht gewohnt, seiner Intuition zu folgen, er hat diesen allzu freien Gedanken immer misstraut. Heute sagt er sich, dass er genug davon hat, in Watte gepackt, gepolstert, gedämpft zu leben. Er hat oft gedacht, er selbst zu sein hieße, verrückt zu sein. Heute sagt er sich, dass mit Suzanne er selbst zu sein hieße, diese Verrücktheit voll zu genießen, und er weiß nicht, warum. Das ist ebenso unerklärlich wie ein Gefühl, das eine Opernarie, eine Sopranstimme auslöst oder nachts der Ruf eines Vogels, den man nicht kennt und der uns, anstatt uns zu erschrecken, grundlos glücklich macht. Unnötig, einen Grund zu suchen für diesen inneren Aufruhr, das ist ganz einfach.

Es ist neun Uhr. Er ruft bei Suzanne an. Antoine geht ran. Serge ist das egal. Er sagt, er wolle mit der Klavierstimmerin sprechen, ein Notfall, ein Konzert, heute Abend in der Salle Pleyel. Der Ehemann notiert und seufzt: »Haben Sie nicht ihre Mobilnummer? Ich gebe sie Ihnen, ja, das ist doch einfacher.«

»Danke. Ich höre.«

Und er notiert die magischen Ziffern. Sagt Auf Wiedersehen zu Antoine, schönen Tag, Ihnen auch, danke.

Er weiß nicht, wo er hingehen soll, um sie anzurufen. Simone saugt im Salon Staub, sie hat die Fenster aufgerissen, eine Hundekälte; Serge geht weg, durch den Flur, die Zimmer. Lucies blaues Nachthemd auf der Sessellehne. Chloés unschuldiges, rosiges Zimmer. Er macht die Tür zu Théos Zimmer auf. Setzt sich auf sein Bett, auf die *Star-Wars*-Decke. Er ruft Suzanne an. Auf dem Anrufbeantworter hat sie eine distanzierte Stimme, wie eine Klavierstimmerin, die Anrufe von Kunden bekommt; das ist sicher ihr dienstliches Mobiltelefon, so naiv ist er nicht, dieser Ehemann, warum sollte er es auch sein? Warum sollten Menschen, die betrogen werden, Menschen, die leiden, naiv sein?

»Könnten Sie heute Abend in der Salle Pleyel sein? Oder ... früher? Besser nicht. Könnten Sie mich zurückrufen? Ich bin es ... ich meine: Hier ist Serge. Gut ... Ich denke, meine Nummer haben Sie im Display ... Also dann ... Auf Wiedersehen ... Ja, dann Auf Wiedersehen ... Ich warte auf Ihren Anruf!«

Er steht auf. Die *Star-Wars*-Decke ist ganz zerknittert, und die Galaxien sehen aus wie zerbrochene Kieselsteine.

Und dann fährt er in die Avenue Mandel. Ist losgelöst von seinen Bewegungen, wie nach einem Unfall. Er sieht seinen Körper fahren, die Agentur betreten, reden und sich setzen. Er ist darüber. Losgelöst. Er atmet eine andere

Luft, und sein Geist ist woanders, in einer verschwommenen und begeisternden Erregung. Er denkt, dass man ihn sieht, diesen Unfall. Alle werden merken, dass der, der spricht, verkauft, Anweisungen gibt, dass das nicht er ist. Wissen sie es? Sie sind plötzlich seltsam verschwommen, und ihre Stimmen sind Kopfstimmen, sie sprechen, wie man knirscht, warum geben sie sich nicht ein bisschen Mühe, sich der neuen Schönheit dieses Tages anzupassen? Sie reden von beglaubigten Urkunden und Kommissionen, von Wertzuwachs und Versicherungen, er spürt, dass diese Wörter wichtig, aber trotzdem leer sind, total unnütz. In der Agentur zu sein ist eine erschöpfende Dualität, und nach drei Stunden zivilisierter Lügen schließt er die Tür seines Büros und sagt, dass man ihn nicht stören solle. Er schreibt eine SMS an Suzanne, diesmal sehr präzise, denn es hat lange genug gedauert: »Ich erwarte Sie unbedingt um 18 Uhr in der Rue Geoffroy-Saint-Hilaire 49«, er löscht »unbedingt« und korrigiert »um« vor »18 Uhr« in »ab«, dann fährt er fort: »Dritter Stock, linke Tür. Code A738. Klingeln Sie nicht, die Tür ist offen.«

Dann geht er raus. Sagt, dass er morgen wiederkommt. Die Angestellten bedauern ihn für die Migräne, die ihm das Leben verdirbt und seine Tage verkürzt. Er läuft durch Paris, schnell, sehr schnell zuerst, um sich von dem Druck zu befreien, diesem Gespenst auf seiner Brust, wie ein Alb. Er verjagt die Dämonen, indem er läuft, er will keine Gewissensbisse. Er hat seit sechzig Jahren Gewissensbisse. Sechzig Jahre eines nicht gebüßten Verbrechens, und er hört das Klavier. Er sieht ihren Rücken, fast durchsichtig in dem sanften Licht und dem gelben Musselinkleid. Er sieht ihre Hände, die anderthalb Oktaven greifen, so lange Finger, als wären es Personen. Er hört Liszt. Das ist sie, seine Mutter, die in Liszts Inbrunst flüchtete, und dann die Erschöpfung, die nächtliche Ruhe, zuweilen, damit die Hoffnung neu erwachte. »Es heißt *Liebestraum.*« Er hatte diesen Titel blöd gefunden, als sie ihn ihm gesagt hatte, er hatte gelacht, mit seinen acht Jahren, arme Unschuld, der Traum, weißt du, was das ist? Die Respektlosigkeit des Traums, sein totaler Mangel an Korrektheit, der Ort, an dem die Lüge niemals stattfindet? Und Serge läuft mit Liszt und seinem Chaos, seine Mutter ist hinter dem gelben Musselin versteckt, er sieht ihren geschmeidigen, elastischen Rücken, er spürt ihre Kraft, den Traum mitten in ihrem Herzen, den sie niemals losließ, während er … Sechzig Jahre Angst. Das reicht.

DIE RUE GEOFFROY-SAINT-HILAIRE 49 steht zum Verkauf. Serge mag dieses Haus gegenüber vom Jardin des Plantes, in diesem Viertel, aus dem man die Bièvre verbannt hat; aber der begrabene Fluss lebt noch, er weiß es. Er wartet darauf, dass man ihn befreit. Das ist ein Viertel, das sich nicht ergibt, in dem die Verrückten der Salpêtrière und die Mörder der Place Maubert herumspuken, ein Ort, wo die Moschee neben mexikanischen Treibhäusern steht, die Hochbahn an der großen Voliere vorbeirauscht und von der Gare d'Austerlitz nur Züge aufs platte Land zu fahren scheinen. Dort wartet Serge auf Suzanne, in einer Maisonettewohnung mit Blick auf den Park. Er denkt, dass sie kommen wird. Sie ist schließlich die Stimmerin. Sie kann in den Tönen und Halbtönen lesen, und sie hat verstanden.

Es ist fast dunkel, und das gibt seinem Warten eine geheimnisvolle Note und auch etwas Furcht. Es könnte sein, dass sie nicht kommt, aus dem einen oder anderen Grund, sie stimmt vielleicht tatsächlich heute Abend im Pleyel, feiert Antoines Geburtstag, oder sie möchte Serge klarmachen, dass sie keine Befehle akzeptiert, und sie wird ihn versetzen, ohne auch nur Bescheid zu sagen. Aber diese

Vermutungen haben nichts zu sagen, diese Frau wird kommen, und weil er es weiß, kann nichts ihn davon abbringen.

Serge wartet, und es ist, als würde ein Schleier sanft wehen und sich ein wenig öffnen. Es ist fast nichts. Ein leichter Wind, der sich erhebt. Eine Farbe, die sich entfaltet. Es gleicht dem Atem des Schläfers, gerade bevor er in Tiefschlaf sinkt, und hat keinen Bezug zu dem, was seine Vereinigung mit Suzanne sein wird, zu der Zeit, die ihnen gegeben ist, das hat nur mit ihm zu tun, als hätte er einen großen Mantel abgelegt und akzeptierte, weniger schnell zu laufen.

Er hört Suzannes Schritt im Treppenhaus. Er weiß, dass es das ist, was man Liebe nennt. Sie kommt herein. Sie sagt nicht: Guten Tag, sie sagt nicht: Ich bin es, Es ist kalt hier oder?, nein, sie steht einfach vor ihm. Ohne Koketterie. Ohne Komplexe. Und so wird es schwierig, sie anzusprechen. Man könnte sie für gleichgültig halten, wäre nicht in ihrem Blick dieses schroffe Licht, sie hat die Ruhe derer, die sich nicht zerstreuen und in der Sammlung leben, zurückgehalten, bereit zu rennen. Serge verspürt eine heftige Furcht. Es ist unmöglich, einen Umweg zu wählen: Er hat diese Frau in eine leere Wohnung *beordert.* Sie haben einmal miteinander geschlafen, und er hat ihr befohlen, zu ihm zu kommen. Und jetzt, vor ihr, die wartet und nichts sagt, kommt ihm das brutal vor. Er fühlt sich, als wisse er nichts mehr, so verfehlt kommen ihm die Gesten und Codes plötzlich vor. Sie spielt das Spiel nicht mit, sie ist da, und das heißt entweder oder. Vielleicht wäre es am einfachsten, Tier zu sein, sie auf die Matratze auf dem Boden zu werfen, sich als eiliger und entspannter Mann zu geben. Wenn er das wagen würde, würde sie loslachen, da ist er sicher, sie würde sich über dieses billige Klischee lustig machen. Sie lächelt ein bisschen und lässt, ohne die Augen von Serge zu lösen, ihre Handtasche fallen, und das macht einen ohrenbetäubenden Lärm, der durch den Raum ohne Möbel und ohne Vorhänge hallt, es ist ein Gongschlag. Der Lärm der Tasche auf dem Fußboden.

Und bald sind sie zusammen, glücklich, dass sie weder Worte noch Umschweife brauchten, glücklich, so nah zu sein, und auch zärtlich, denn es ist eine unendliche Zärtlichkeit, das Verlangen desjenigen zu akzeptieren, den man nicht kennt, und sie wählen die Langsamkeit, das fast unerträgliche Ansteigen der Lust, die Zeit, die man nicht mehr drängt und die sich unterwirft. Diese Langsamkeit könnte ihnen Angst machen. Denn sie nehmen sich die Zeit, sich anzusehen. Sich ansehen zu lassen. Das ist das Schrecklichste. So viel Aufrichtigkeit. Und über Serge gebeugt, in ihm verwurzelt und zum Himmel gezogen, bietet ihm Suzanne ihr entstelltes Gesicht und ihren Schrei, er sieht sie zerrissen und fortgetragen, also folgt er ihr, schreit zu ihr, ruft sie ohne Worte.

Lange halten sie sich umschlungen, ein bisschen, weil es kalt ist, ein bisschen, weil sie sich beruhigen, und sie spüren ihren Atem, der sich verlangsamt, und das Leben, das sich aus ihnen ergießt. Im Frieden der Wohnung, in Suzannes Atem an seinem Ohr hört Serge den *Liebestraum* von Liszt, genauso präzise, als würde man ihn im Zimmer spielen, an der auf dem Boden liegenden Matratze. Er vernimmt deutlich das Zögern der allerersten Noten, die Wiederholung der ersten Phrase, er vernimmt den Atem auf den Tasten und den Atem der Stille. Da wagt er zu reden, zum ersten Mal, und seine Stimme hallt etwas metallisch im nackten Zimmer:

»Warum hast du zu Hause kein Klavier?«

»Ich bin nicht begabt.«

»Ich bin sicher, dass du es bist.«

»Was macht das aus?«

»Nichts.«

Er streichelt langsam ihren Rücken und fragt sie, was sie sucht, wenn sie ein Klavier stimmt. Sie zögert. Das ist schwer zu sagen.

»Die richtige Note. Das Gleichgewicht … Die Harmonie zwischen den Noten, ja.«

»Das ist dein Beruf? Das machst du den ganzen Tag?«

»Ich stimme das vierte *a* auf 440 Hz. Oder 442 Hz, das kommt darauf an … Und dann, wenn das *a* fixiert ist …«

»Das vierte *a* auf 440? Oder 442? Den ganzen Tag?«

Sie flüstert an seinem Ohr »den ganzen Tag«, und sie lachen miteinander, zum ersten Mal, und ihre Körper aneinander folgen der Bewegung des Lachens, und diese Vertrautheit ist wirklicher und viel gefährlicher als jede andere Bindung.

DANACH IST ES ZU SPÄT. Unmöglich, den Rückwärtsgang einzulegen, weiterzumachen wie zuvor, unmöglich, nicht zu sehen, wie tief sie in ein neues Zeitalter eindringen, anders leben und für etwas anderes. Sie kommen oft in die Rue Geoffroy-Saint-Hilaire, in diese unbewohnte, unverkaufte Wohnung, die ganz ihnen gehört. Unter dem Haus fließen die beiden Arme der Bièvre, und Serge erklärt: »Die tote Bièvre und die lebende Bièvre, verstehst du? Und irgendwo unter dem Boulevard vereinigt sich die tote mit der lebenden.« Und das ist ein Mysterium, man muss versuchen, es sich vorzustellen, dieses unterirdische Leben, das aus den vergangenen Jahrhunderten kommt und unter ihren Schritten im Verborgenen wartet.

Sie treffen sich mehrmals in der Woche, wann immer sie können. Dort ist das Zentrum von allem. Dort fängt ihr Tag an, auch noch um 22 Uhr, und sie vereinigen sich mit dem geschärften Bewusstsein des Privilegs und des möglichen Verlustes. Sie wissen, ohne es auszusprechen, dass sie wenig Zeit haben. Manchmal legen sie an diesem Ort Gegenstände ab, ein aus einer Tasche geholtes Buch, Kerzen, Laken, Steinchen, die Suzanne in der Tiefe ihrer Jacke hat, und dann, ganz allmählich, zwangsläufig, wird es ihre Geschichte. Und die Worte, die am Anfang so wenig Raum hatten, werden eine Bindung. Es fängt langsam an, mit fast nichts: »Wo bist du geboren? Magst du diesen Komponisten? Jene Symphonie? Welches idiotische Lied bringt dich zum Weinen?« Und dann werden die Worte zur Falle: »Wovon hast du mit fünfzehn geträumt? Was ist deine schönste Erinnerung? Die schlimmste? Was ist dein geheimes Paradies, der Ort, zu dem du mich gern führen würdest, wo du sterben möchtest, deine größte Angst, deine größte Freude?«

Serge lügt.

Und Suzanne sieht es.

Eines Tages sagt sie es ihm. Du lügst, ich weiß es. Sie sagt auch, dass er, wenn er lügt, immer aussieht, als würde er ein wenig leiden, sein Blick macht einen kleinen Umweg in Richtung Entsetzen, und er erzählt Märchen.

»Du erzählst mir Märchen.«

»Stört dich das?«

»Das ist nicht gerecht. Ich erzähle dir keine.«

»Weil du Glück hast.«

»Vielleicht.«

Also entscheiden sie sich zu schweigen. Aber es ist nicht das Schweigen glücklicher Vertrautheit, es ist die Wand aus Schweigen, an die das Bedürfnis nach Gemeinsamkeit stößt. Am Anfang tun sie so, als achteten sie nicht darauf, sie lassen sich von ihren Körpern leiten, aber manchmal bleibt ihr Schwung im Eis von all dem stecken, das verschwiegen wird. Sie schmiegen sich aneinander und fürchten die Traurigkeit, die Feindin, die auf ihre Stunde wartet. Was tun, um das zu verhindern?

ES IST EINE LIEBE, die die Maisonettewohnung nicht verlässt, und manchmal ähnelt ihnen das Zimmer, ein Durchgangszimmer, ein bisschen zusammengestückelt, eine fröhliche Unordnung, die Spuren einer glücklichen Liebe. Die Champagnerflaschen neben der Matratze und ihre Sachen auf dem Boden sind die einzigen Zeichen von Leben, umkränzt von riesigen leeren Räumen, die nie von ihnen betreten werden und die sie mit ironischer Stille umgeben. Den Hall ihrer Stimmen im leeren, nach Leim und Gips riechenden Flur hören sie nicht gern, und sie gehen immer sehr schnell in das Zimmer, das ihnen manchmal ähnelt. Es gibt so viele Arten, sich zu lieben, und dieses Verlangen, das sich aus sich selbst nährt, das, kaum befriedigt, neu erwacht, nimmt sie völlig in Anspruch. Was sie zurückgelassen haben, bevor sie kamen, was sie wiederfinden, wenn sie sich trennen, darüber sprechen sie nicht. Sie wissen es. Es geht nur um den geteilten Augenblick. Der Rest ist das Dekor eines Familienlebens, das einer gesellschaftlichen Stellung gleicht.

Eines Morgens treffen sie sich sehr früh; Serge hat sein Jogging vorgeschoben und ist in Laufkleidung gekommen. Zum ersten Mal trägt er vor Suzanne nicht den Anzug, in dem ihn alle sehen sollen. Mit seiner Laufkleidung ist er so, wie seine Familie ihn kennt. Er kommt direkt aus seinem Haus, seinem Schlafzimmer, seinem Bett. Das ist unerträglich. Er begreift es, als er Suzanne, ihren Blick sieht, entsetzt von dieser Intimität, die woandersher kommt, und an diesem Morgen schlafen sie nicht miteinander, sie schweigen und schlafen noch ein bisschen ein, umarmt und mit eisigen Händen, dann geht jeder seiner Wege, desorientiert wie ein vergrippter Mensch, der von Einsamkeit und Abgeschiedenheit träumt.

Und dann kommt dieser Abend, sanft und etwas träge, wo die Kerzen in dem Zimmer brennen, das ihnen ähnelt wie nie zuvor. Draußen erlischt die Sonne in rosa durchzogenem Grau, so groß wie die hohen Fenster, hinter denen sie sich geborgen wissen. Das ist ein einzigartiges Angebot, niemals werden sie diesen Himmel wiedersehen, niemals die Farben in diesem Augenblick, mit ihrer glücklichen Liebe auf der erbärmlichen Matratze. Als die Sonne endgültig verschwunden ist, zittert der bewegliche Glanz der Kerzen, ohne zu erlöschen, und sie lieben sich mit etwas Kummer, und es ist gut. Serge wundert sich, dass Suzanne danach so schnell einschläft, er vergisst oft ihre Tage, die früh anfangen, und die langen Fußmärsche durch Paris. Er bleibt wach, das Zimmer zittert im Licht der Kerzen, sein Blick verschwimmt, und während Suzannes Mund an seinem Hals ein wenig sabbert und er darüber lächelt, erstaunt ob der Rührung, die er empfindet, sieht er das Kind, das auf der Schwelle steht. Am Anfang glaubt er es nicht. Er schließt die Augen und öffnet sie wieder. Das Kind ist immer noch da, unbeweglich und stumm. Serge schiebt Suzanne vorsichtig weg und deckt sie zu, er setzt sich auf. Das Kind starrt ihn mit seinem ungläubigen Blick an. Serge sagt zu ihm: Das ist nicht dein Platz, weißt du, wirklich ... Das ist nicht dein Platz. Aber das Kind ist erstarrt. Es geht nicht. Serges Herz klopft heftig, und sein Schädel brennt, seine Hände zittern, als er dem Kleinen Zeichen macht abzuhauen. Aber der Kleine haut nicht ab. Das ist Suzannes Schuld. Serge weiß es. Der Fehler der Aufrichtigkeit ihrer Liebe. Ihrer Liebe, die er soeben vergiftet hat, während sie in seinen Armen schlief.

ES GIBT DIE LÜGEN FÜR ANTOINE, die Lügen für Lucie, wie eine mörderische Ablenkung, der unter den Teppich gekehrte Staub. Darum kümmere ich mich später, sagen sie sich, weil sie ganz auf ihre Liebe konzentriert sind. Sie haben es eilig, sich wiederzusehen, aber da ist schon dieses kleine Gefühl von Vergeudung, diese Ungerechtigkeit, dass das, was so schön sein könnte, dass dieser Höhenflug auf die Erde zurückgebracht wird. Eines Abends, als er sie in der Wohnung erwartet, hofft Serge plötzlich, Suzanne möge nicht kommen, er hat Angst vor diesem Wunsch, der soeben aufgetaucht ist, es ist wie das ganz schwache Anzeichen einer Krankheit, der Leberfleck, der einen bedroht, der kleine Fleck auf der Haut, es könnte nichts sein, wenn man nicht darauf achten würde, aber wie soll man leugnen, dass es diesen flüchtigen und boshaften Wunsch gegeben hat, sie möge nicht kommen. Es wäre unvermeidlich, und er könnte es ihr übel nehmen und wegen ihr unglücklich sein. Aber sie wird kommen, und wenn diese Liebe vergeudet wird, wird es, das weiß er von Anfang an, seine Schuld sein. Das Kind ist nicht mehr aufgetaucht, aber es wird wieder auftauchen. Die einzige Gewissheit in dieser Geschichte ist, dass es wieder auftauchen wird. Es wird sich auf die Schwelle stellen und warten, dass man ihm etwas dafür gibt, da es die Intimität eines Mannes und einer Frau gesehen hat; man muss es schließlich entschädigen, da es in etwas hineingezogen wurde, was es nie hätte erfahren sollen. Das Geheimnis ihrer Freude.

Er wünschte sich, ein anderer zu sein, irgendein anderer, ein Mann ohne Tragödie, ein galanter Liebhaber, er wünschte sich, dass Suzanne für die Liebe, die sie ihm ohne Grund gibt, entschädigt wird, und zwar mit Bravour, mit verrückten Überraschungen, Geschenken, Reisen, vor allem aber Geständnissen. Genau das erwarten die Frauen. Er wünschte sich, zu Geständnissen fähig zu sein. Bis jetzt hat er sich immer aus der Affäre gezogen, er hat Splitter seines Lebens dazu benutzt, zu lügen, er hat ein paar Wahrheitsfäden herausgezogen und fabriziert, was man ein Lügengespinst nennt, und dann? Man hat das Recht, sich zu schützen, warum sollte er über die Glut laufen und jammern?

Also wird er fröhlich, gibt sich beschwingt, versucht sie mit Dummheiten zum Lachen zu bringen, er erzählt lustige und nicht so lustige Geschichten, imitiert manchmal die Kunden in der Agentur, die lächerlichen, die zu reichen, die größenwahnsinnigen, manchmal kommentiert er sogar die Nachrichten, *um zu reden*; weil das Schweigen sie töten, weil das Kind wieder auftauchen wird, greift er nach den Waffen, die er findet. Suzanne hört ihm zu und sagt sich, dass sie einander bald fragen werden, was sie im

Kino gesehen haben, wie Freunde, die sich nichts mehr zu sagen haben und über ihr Leben hinwegreden. Sie verliert ihn, sie weiß es, sie verliert diesen Mann, der sich in einem Stück hingab, der die wunderbare Kühnheit besessen hatte, bei ihr zu klingeln und sie zu nehmen, diesen Mann, der auf sie gelauert hatte. Er verändert sich. Er ist voller Momente ohne Aufrichtigkeit. Oberflächliche Augenblicke. Er will nichts als fliehen, so schnell er kann, denn sie hat etwas an sich, das ihm unerträglich ist, zu schwer, wirklich nicht zu ertragen.

Nach der Liebe drückt sie ihn an sich und wiegt ihn ein wenig, und durch diese mütterliche Zärtlichkeit weiß sie, dass sie ihn etwas weniger liebt und dass sie allein ist. Sie wird die, bei der ein Mann Zuflucht sucht, aber sie ist kein Unterschlupf. Sie ist weder ein Medikament noch eine Zuflucht. Also macht sie, was die Frauen meistens tun: Sie legt den Finger in die Wunde. Das ist das einzige Mittel, das sie hat, um diese Geschichte zu retten, die entgleitet. Die Wahrheit, das ist alles. Sie bittet ihn, mit ihr hinzugehen. Dorthin, wo er aufgewachsen ist. Sofort mit ihr hinzugehen, auf der Stelle, es ist ihr egal, wenn man sie zusammen sieht, es ist ihr egal, wenn es weit ist, wenn sie dafür die halbe Welt durchqueren müssen, sie sagt: Lass uns jetzt hingehen! Und da plötzlich hat Serge furchtbare Kopfschmerzen. Er richtet sich auf der Matratze am Boden auf und hält seinen Kopf mit den Händen. Sie wartet. Lange, so kommt es ihr vor. Sie hört die Autos auf der Straße, die Stimmen der Passanten. Sie spürt seine Erregung und ihre Angst, dass er sich entzieht und sie nicht mitnimmt, dass er dieser in seiner Migräne versteckte Junge am Boden bleibt. Woher kommst du, Serge? Von wo kommst du? Sie erinnert sich an das Lied, das Angst machte, wie man den Wolf fragt, was er macht, und wie er sich vorbereitet, aus seiner Höhle zu kommen und sie zu fressen, alle die kleinen neugierigen Kinder, die gewagt haben, ihn zu fragen: Wo bist du? Was machst du? Hörst du uns? Serge legt die Hände auf die Ohren. Das Zimmer ähnelt ihnen nicht mehr. Ist ein unwirklicher und fiktiver Raum. Suzanne nimmt ihre Tasche und geht.

AM NÄCHSTEN TAG HÄNGT SERGE die Verkaufsanzeige für die Wohnung in der Rue Geoffroy-Saint-Hilaire wieder ins Schaufenster seiner Agentur und informiert seine Mitarbeiter, dass er sich selbst um den Verkauf kümmert, dass man alle Anrufe wegen dieser Wohnung zu ihm durchstellen soll, dass niemand außer ihm mit Interessenten hingehen darf. Die Mitarbeiter nicken seufzend und gehen zurück an ihre Computer, mit dem verkniffenen Lächeln derer, die nicht mögen, dass man sich ihnen entzieht.

Und alles wird wieder wie vorher. Das Leben ist lang. Die Nächte sind ohne Schlaf, zwischen kurzen Albträumen und Wachsein, das zu nichts führt, keine Entscheidung tritt daraus hervor, nichts nährt sich von diesen schweren Stunden; am Morgen zwingt sich Serge zu ein bisschen Jogging, aber es fühlt sich an, als würde er gegen sich selbst rennen, nicht einem Schwung folgen, sondern seinen Körper nötigen, ein verletztes Tier, das man zur Rehabilitation zwingt. Alles ist langsam, von diffuser Traurigkeit ohne Geschmack, es geschieht nichts, das ist zum Brüllen. Tausendmal am Tag hält Serge sich davon ab, Suzanne anzurufen, zu ihr zu gehen, sie anzuflehen, ihm zu helfen, ihn noch ein bisschen an sich zu drücken, er hätte, wenn sie nur ein wenig beharrlich gewesen wäre, mit ihr reden können, wie sie es wollte, sie hat alles kaputtgemacht mit ihrer Ungeduld, dieser Neugier der braven, anständigen Frau, und manchmal schreibt er ihr mörderische Briefe, die er ihr nicht schickt, allein die Lust, sie zu töten, sie zu beschimpfen, hält ihn an manchen Tagen, in manchen bitteren Stunden aufrecht, wenn er die Welt in die Luft sprengen möchte und zusehen, wie sie brennt, all diese sich kreuzenden Leben, geschlossen wie gefrorene Knospen, zerplatzt, bevor sie geboren werden konnten. Aber er ruft nicht an und schreibt nicht. Seine Worte und seine Sätze sind Einbildung, er ist der Einzige, der sie hört, und sein Kopf ist voll vergeblicher und besessener Wortgefechte, die nur mit sich selbst kämpfen.

Lucie organisiert fast jeden Abend ein Diner. Man hört Leute bei ihr, Musik, Stimmen, Lachen und Kristall. Aber ihr hübsches Haus riecht nach kalter Asche. Der Winter hat sich steif und eisig im Garten festgesetzt. Um 17 Uhr ist es dunkel. Die Kinder machen Weihnachtswunschlisten, Lucie zwingt Théo, eine zu machen, damit Chloé die Lüge nicht durchschaut. An einem Abend, als sie zu zweit essen, kündigt Serge Lucie ihren Umzug nach London an.

»Nach London?«

»Gefällt dir das?«

»Planst du das schon lange?«

»Das ist eine Überraschung.«

»Aha.«

»Die Kinder gehen in die französische Schule und du ...«

»Ich?«

»In puncto Shopping, ich meine ... Du wirst ...!«

Lucie schiebt ihren Stuhl zurück. Es gibt ein langes Schweigen, dann sagt sie:

»Suzanne, die Klavierstimmerin, sie kommt nicht mehr. Sie sagt, sie habe zu viel Arbeit, sie hat mich an einen Kollegen verwiesen.«

Serge hält sein Glas am Fuß, sieht es an, neigt es, trinkt, was noch drin ist, dann sieht er es wieder an.

»Und ... ist er gut? Der neue Stimmer?«

»Liebst du sie?«

Serge spürt die furchtbare Banalität der Situation, und den grausamen Schmerz, der ihn mit seiner Frau verbindet, die Angst, die sie beide vor dem haben, was folgen wird, und er weiß, dass sich jetzt alles entscheidet, er muss jetzt den Ton vorgeben, und Lucie erwartet nichts anderes als die Wahrheit, so unmenschlich sie auch sein mag.

»Ich werde dich nicht anlügen ... Ich habe sie gesehen ... Ich habe sie ein, zwei Mal gesehen, ich weiß nicht, was mich geritten hat, sie ist ... Na ja, du hast sie gesehen, sie ist alt ...«

»Nein. Nicht das.«

Und jetzt weint Lucie, ganz leise, lange, feine unstillbare Tränen, und sie lauscht in ihrem Innern auf den Lärm, den ihre Liebe macht, die stirbt. Sie murmelt: »Nicht das, bitte.«

Und sie geht, ohne ein Geräusch.

WEIHNACHTEN NÄHERT SICH wie eine angekündigte und unvermeidbare Katastrophe. In zwei Tagen wird Lucie mit den Kindern zu ihren Eltern nach La Baule fahren, Serge wird Heiligabend nachkommen, wie jedes Jahr. Zwischen Serge und ihr gibt es weder Fragen noch Vorwürfe, keine Drohung. Es ist wie trockene Erde, ein verbranntes Paar. Das kommentiert man nicht. Serge schaut auf seine Frau, ihre weniger sichere Stimme und ihr schreckliches Lächeln, wenn sie den Kindern hilft, das Haus zu schmücken. Er schaut auf den Abdruck des Unglücks auf der Jugend seiner Frau, auch das wird er ihr gegeben haben: ihren Anteil Leiden in dieser Welt. Jetzt, sagt er sich, weiß sie es, leben heißt Angst haben und leiden. Chloé applaudieren, wenn sie den Stern an die Spitze des Baums hängt, und sogleich ganz schreckliche Lust haben, schlafen zu gehen, sich unter der Decke zu verkriechen und zu sterben. Aber nach dem Stern lächelt Lucie immer noch und schlägt vor, in die Küche zu gehen und Lebkuchenmänner zu backen, und Serge ist der Einzige, der sieht, dass sie sich stößt, als sie durch die Tür geht, dass sie wankt, zögert, ob sie einfach aufhören soll, aber sie hört nicht auf, antwortet auf die Ungeduld der Kinder: »Maman, kommst du oder was?« Serge versteht, dass er es nie wird verhindern können, das Unglück in seinem Haus, weil er verflucht ist, und er hört seine Mutter schreien. Sie hat vor Schmerz geschrien. Nicht wie Lucie. Sie hat wirklich geschrien, als sein Vater den Klavierdeckel auf ihre Finger hat fallen lassen. »Schlampe!« Und Serge hat nichts getan. Das gelbe Musselin tat seinen Augen weh, er sah nichts mehr.

»Das Klavier werden wir jedenfalls verscherbeln!«

Er ist wie ein Wilder in die Küche gestürmt, um das zu sagen. Und er sieht Théo an, er hätte so gern, dass sein Sohn auch brüllt, was ist das für ein Haus, in dem ihn alle als Henker ansehen, in dem alle leise reden wie in einer Klinik, in dem alle so tun, als ob? Théo schaut seinen Vater an, blinzelt sehr schnell, mehrmals hintereinander, er hat die Hände voller Mehl, und er versteht nicht.

»Lass uns gefälligst in Ruhe, ja?«, zischt Lucie mit zusammengebissenen Zähnen.

Serge schaut sie alle drei an und weiß, dass Lucies Kraft da, in ihren Kinder ist. Er kann ihr wehtun, so viel er will, sie wird immer wie eine Löwenmutter für ihre Kleinen sein, komm näher und du bist tot. Er hatte nicht verstanden, dass die Mutterschaft sie unbesiegbar gemacht hat. Er sieht sie Lebkuchen backen, und er weiß, dass er sich verbannt hat.

Also geht er. Dahin, wo er aufgewachsen ist. Dahin, wo sich alles abgespielt hat, wie Suzanne schon ahnte. Er geht durch den Parc Monceau, vorbei an den im Frost erstarrten Statuen, den nackten Alleen, den von Dampf umhüllten Joggern. Der Raum hat sich in der Kälte zusammengezogen, um sich selbst geschlossen, und es gibt keinen Himmel mehr. Serge läuft schnell, die Augen gesenkt, er hat Angst, Kindern seines Alters zu begegnen, seines Alters von damals, der Lebenslust, die ihn erfüllte, und der Ahnung von der Welt der Erwachsenen, dieser Welt, die ihn streifte und ängstigte, und er fragte sich, ob er eines Tages gehen würde. Heute ist er da. Er sieht wieder Théos Hände voller Mehl vor sich, er hätte sie gern in seinen, er ist so feige, kann er wirklich nicht allein hingehen? Er verlässt den Park, lässt die Rotunde, die hohen schwarzen Gitter, die trockenen Schatten hinter sich zurück. Er schaut auf zu seiner Straße, der endlosen Rue de Prony. Man muss den Boulevard de Courcelles überqueren und weitergehen. »Du wartest, bis das Männchen grün ist, auch wenn du die Großen gehen siehst, du wartest fein, bis das Männchen grün ist, versprichst du mir das, Sergio, mein Schatz?«

Er hatte es vergessen. Seine Mutter nannte ihn »Sergio«. Wie kann er das vergessen haben? Wie ist das möglich?

Die Ampel ist rot. Das Männchen ist grün. Serge macht kehrt und geht zurück in den Parc Monceau. Er setzt sich auf eine Bank. Seine Beine zittern wie nach einer zu großen Anstrengung. Er hört sich ohne Tränen schluchzen, ein brutales Geräusch aus trockener Kehle. Er ruft Suzanne an. Er bittet sie zu kommen, ihn zu treffen, jetzt, im Parc Monceau. Er hat sich seit mehreren Wochen nicht gemeldet. Er hat weder auf ihre Anrufe geantwortet noch auf ihr Schweigen, und er spürt Suzannes Müdigkeit nach dieser toten Zeit. Sie antwortet nicht, sie versucht sich in dieser Geschichte ohne Ausgang zu orientieren. Serge spürt die Rue de Prony hinter sich, diese lange, eingeschlafene Schlange. Er drängt:

»Wir gehen rüber, und dann gehst du, wenn du willst.«

»Wo gehen wir rüber?«

»Über den Boulevard de Courcelles.«

»Nein. Nach dem Boulevard de Courcelles erzählst du. Sonst komme ich nicht. Du erzählst, und wir trennen uns endgültig, aber diesmal sagst du mir Auf Wiedersehen, damit es wenigstens menschlich ist.«

»Es wird nicht sehr menschlich. Was ich dir zu erzählen habe.«

»Ein Grund mehr.«

Und da sieht er ihn. Er hat gerade die kleine Steinbrücke überquert, rennt einer Taube hinterher. Er schnieft ein bisschen, er ist erkältet, und ihm ist kalt. Er ist acht Jahre alt, und er lacht, als die Taube wegfliegt. Serge hört sein helles Lachen, eine Spur überrascht und enttäuscht. Sergio … Tatsächlich hatte er es nie vergessen.

WIR UMARMTEN UNS LANGE, waren ganz durchgefroren, vor der Rue de Prony 14, einem einst gutbürgerlichen Haus, in dem Serge seine Kindheit verbracht hatte. Dort sagte er nichts. Erst danach, als er mit mir in die möblierte Wohnung in der Rue de Rome gegangen war, fing er an zu erzählen. Die Wohnung war seit mehreren Monaten unbewohnt, sie war vollständig renoviert, ein großes Zimmer mit amerikanischer Küche, ein Badezimmer mit schieferfarbenen Wänden, eine Fensterfront mit einem kleinen Balkon davor. Sie kostete genauso viel wie eine Villa auf dem Land, aber Serge hatte auf Anhieb mehrere Kunden, die sich gegenseitig überboten. Manchmal hörte man die Durchsagen von der Gare Saint-Lazare und die Züge, die in die Vororte und die Normandie fuhren oder von dort kamen. Man hatte das Gefühl, in einem Hotelzimmer zu sein, auf der Durchreise.

Ich wusste, dass ich zum letzten Mal zu Serge gekommen war. Ich sagte ihm nicht, dass ich Antoine verlassen hatte, dass ich jetzt allein in der Rue de Douai wohnte. Ich sagte ihm nicht, dass mein Leben gerettet und verloren war, dank ihm. Dass ich nicht mehr dieselbe Luft wie früher atmen, mich nicht mehr mit einem einfach nur korrekten, akzeptablen und zum Ersticken konkreten Leben begnügen konnte. Da ich Antoine verlassen hatte, war ich von morgens bis abends allein. Allein mit den anderen. Allein in meinem Bett, meiner Küche, meinen Sonntagen, meinen Plänen, und manchmal stellte ich fest, dass ich mich im Schlaf mit beiden Armen umschlang. Die Freiheit und ihr Pendant, die Einsamkeit, jetzt kannte ich sie gut. Sie waren ein Teil von mir, sie machten mich aus, und ich dachte, dass man sie in meinem Blut, in den Zellen meiner Haut hätte analysieren können. Manchmal schien die Zukunft weit, manchmal fand ich mich erbärmlich. Die Einsamkeit gehört dir, sie hält dich, und du weißt nie, ob es eine Erlösung ist oder ein Fluch. Wird sie dir Flügel geben oder dich zu einem Leben der kleinen Schritte zwingen? Ich war zwischen zwei Welten. So frei.

Serge bestellte im Feinkostladen in der Rue de Naples Getränke und etwas zu essen. Er sagte, dass es lange dauern werde, was er mir zu sagen habe, und dass wir nicht weggehen würden. Er machte eine Flasche Mouton-Cadet auf und setzte sich mir gegenüber. Und er fing an zu sprechen.

MEINE MUTTER NANNTE MICH SERGIO. Ich erinnere mich daran, dass sie Sergio, mein Schatz, Sergio, mein Baby sagte. Schon früh habe ich verlangt, sie solle damit aufhören. Sie hörte nicht auf, es tat ihr leid, dass die Zeit so schnell verging. Sie hieß Thérèse. Sie war schön, sie hatte schwarze, ganz weiche Haare; ich liebte es, eine Strähne um meinen Finger zu rollen, wenn sie mich an sich drückte, die Hand an ihren Hals zu legen, um zu spüren, wie er vibrierte, wenn sie sprach, und in ihren Armen einzuschlafen. Sie roch nach Wasser, ich meine … ein frischer Geruch, mit Erde darin. Sie starb, als ich zehn Jahre alt war. Aber als ich sie zum letzten Mal sah, am Tag vor Ostern, war ich acht.

Wir wohnten in der Rue de Prony 14, in dem Haus, das ich dir gezeigt habe. Unten, in der Eingangshalle, endete das hölzerne Treppengeländer in einem riesigen, weit aufgerissenen Löwenmaul. Ich legte immer die Hand hinein, um die Fangzähne zu spüren und ein bisschen Angst zu haben, es war wie ein Wegzoll. Meine Angst besiegen. Und dann nach oben gehen. Die Wohnung war so groß, dass ich im Flur Fahrrad fuhr, eigentlich war die Wohnung ein riesiger Flur mit lauter Seitenarmen: Schlafzimmer,

Arbeitszimmer, Bäder, ganz ungeordnet. Ich war Einzelkind. Das war mir recht, es gefiel mir so. Allein mit meiner Mutter. Ich konnte mir nicht vorstellen, groß zu werden und sie zu verlassen. Ich habe sie nicht verlassen. Die Kindheit hat sich davongemacht, als ich acht Jahre alt war, die Kindheit ist zerbrochen, knack! Ein Zweig, den man zerbricht und dann wegwirft, mit einem Mal, einfach so, eines Abends, ohne Vorwarnung ist es vorbei. Und man weiß es an diesem Abend nicht, man kann nicht ahnen, dass danach ... Dass man jemand anders sein wird. Das Leben wird ein anderes Leben sein, etwas Entsetzliches, das man sich nie hätte vorstellen können, das ist, wie ... wie wenn man sich in einem Albtraum wiederfindet: Was tust du da, fragt man sich, ja, was tust du denn da? Und du bleibst da. Das ist das Schlimmste. Du bleibst da! *Das ist jetzt einfach so.*

Ich weiß nicht, ob ich mich daran gewöhnt habe, ich glaube, ein Teil vor mir ist vor dem Schultor geblieben, wo meine Mutter Mein Schatz Sergio mein Baby rief und sich zurückhielt, mich zu umarmen, weil ich es ihr verboten hatte, wenn meine Kameraden es sahen. Ich hasste die Schule, die Lehrerinnen mit ihren Strickjacken über den Schultern, die Sorgfalt, mit der sie das Datum an die Tafel schrieben, als wäre das ein offizieller Akt, mit wunderschönen Großbuchstaben voller Schnörkel, *Montag*, *Dienstag*, und während sie schrieben, sagten sie: »Ich habe Augen im Hinterkopf!« Ich raste vor Wut, meine Mutter verlassen zu müssen, um den Tag mit diesen kreidebeschmierten Riesinnen zu verbringen. Ich gehörte zu den Kindern, die am Sonntagabend krank werden, die beim bloßen Geruch des Federmäppchens, der Späne des schlecht gespitzten Bleistifts und des vertrockneten Klebstoffs die Woche kommen spüren. Der Sonntagabend stank nach Herbst, nach dem Gefühl, nicht genug Licht zu bekommen und es nie zu schaffen, so zu sein wie die anderen, über ihre Spiele zu lachen, mich wie sie über das Vesperbrot oder eine Stunde Gesangsunterricht zu freuen; er stank nach dem Gefühl, weit weg zu sein und nicht zu verstehen, warum, was ich hätte tun müssen, um ihnen näherzukommen und sie zu mögen. Die Schule … Ich wollte meine Mutter nicht verlassen, aber ich wollte auch nicht, dass sie mich dorthin begleitete, aus Scham vor den Kameraden. Als würden womöglich alle Zeugen dessen werden, was uns verband, Zeugen dieser wahnsinnigen Liebe.

Ich muss dir von meinem Vater erzählen. Er heißt Hubert. Er lebt noch, in der Rue de Prony. Er war … Wie soll ich es dir erklären? »Dein Vater ist ein großer Chirurg!« So sprach meine Mutter über ihn. Ich verstand nur, dass es allen Grund gab, die Leute in Schlaf zu versetzen, bevor er sie berührte, ich wäre auch lieber eingeschlafen, bevor er abends nach Hause kam, und ich rannte in mein Zimmer, sobald er da war, ich wollte ihn nicht sehen, nicht seine Hand spüren, die meinen Kopf rubbelte, »Salut, Sohnemann«, mit seiner belegten Stimme eines enttäuschten Menschen. Aber an manchen Abenden erfüllte mich die

Vorstellung mit zu großem Entsetzen, dass Thérèse allein mit ihm war, dann verließ ich mein Zimmer, erfand irgendeinen Vorwand, hatte Durst, hatte Kopfschmerzen, und ich sah nach, wie es Thérèse ging, wie es lief mit diesem Mann, der nach Äther roch und stundenlang Whisky trank. Er war gewalttätig. Meistens.

Ich weiß nicht, was ich von ihm habe. Es ist weiß Gott ungerecht, dass diese Spuren für immer in mir sind: die Gene, die DNA, das Leben, das man im Inneren des Körpers mit jemandem teilt. Das ist schlimmer als Fußfesseln. Ich wollte dir von meiner Mutter erzählen und erzähle dir von ihm. Du bist die erste Frau, der ich von meiner Kindheit erzähle. Es ist verrückt, wie man sich an die Lügen gewöhnt, das erfundene Leben wird zu einer akzeptablen Geschichte, man erzählt sich »Märchen«, wie du es nennst, und dadurch verblasst unser wahres Leben, am Ende ist man der, den man erfindet.

Mein Vater war zwölf Jahre älter als meine Mutter, er hat sie kennengelernt, als sie einundzwanzig war, und hat sie sofort geheiratet; er war ein Mann, der nicht gern etwas auf die lange Bank schob. Er wusste, was er wollte, und die anderen mussten seinen Willen sehr schnell erraten. »Aber du weißt es doch«, oder: »Du weißt, was ich will, tu nicht so, als wüsstest du es nicht!« Immer gingen sie so los, seine Wutanfälle. Wie eine Kränkung. Wenn es anfing, durfte man ja nichts tun. Ich musste neutral, gleichgültig werden, auch wenn ich mir vor Angst in die Hosen machte, ich musste reglos bleiben, nicht »ausweichend«, wie er sagte, aber auch nicht »unverschämt«. So habe ich, glaube ich, gute Manieren gelernt. Hinterhältige Höflichkeit. Kindheit ist eine Sache der Anpassung, oder?

Die Familie meiner Mutter war irgendwie unkonventionell, irgendwie erbärmlich ... vor allem erbärmlich. Total heruntergekommene Aristokraten, die ihre ganze Kohle darauf verwendeten, ein völlig verfallenes Schloss im Departement Oise wieder aufzubauen, aber sie schafften es nicht mal, die Heizung zu bezahlen. Ich weiß noch, dass ich einmal mit Maman dort war ... Es war schmutzig. Kalt. Sehr düster. Mein Großvater hatte nur einen Gedanken im Kopf: die Schlösser reparieren. Er wartete auf Hilfe vom Staat, weil das Schloss als Denkmal anerkannt war, und er sprach von nichts anderem als vom Preis der Türschlösser ... Ich weiß nicht, warum wir hingefahren waren, ich weiß nur, dass sie nie zu uns kamen. Ich erinnere mich noch, dass an dem Tag ein Cembalo bei ihnen stand, es war offen, es sah aus wie ein Schmetterlingsflügel, ein ausgerissener Flügel. Ich sehe noch, wie Maman zum Cembalo geht, sie fragt etwas, und meine Großmutter sagt einfach Nein. Auf jede Frage meiner Mutter antwortet meine Großmutter Nein, und der andere, ihr Mann, redet weiter von seinen Schlössern, und dann, nach einer Weile, gehen wir. Wir waren nie wieder dort. Als wir rausgingen, sagte Thérèse zu mir: »Niemand spielt darauf, es wird ganz allein bleiben, so, mit offener Fresse, und ihnen ist es schnuppe, diesen Arschlöchern!«

Das hat sie gesagt. Mit offener Fresse. Die Arschlöcher. Thérèse spielte Klavier. Sie war mit dem Klavier verbunden, es war ihr Atem, sie setzte sich an die Tasten, und dann begann ihr Tag. Manche Frauen öffnen morgens die Fensterläden. Thérèse öffnete das Klavier. Ich wusste immer, wo sie war. Was sie tat. Sie wollte den ersten Satz der h-moll-Sonate von Liszt spielen. Sie hat es nie geschafft. Sie wusste, dass es unmöglich war. Ich glaube, irgendwie … eigentlich wollte sie immer das, was unmöglich war. Ich weiß nicht, ob ihre Eltern sie Cembalo spielen ließen, ob es überhaupt gestimmt war, ich weiß nur, dass Hubert, als er sie traf, nur eines tun, sie nur wie eine kleine frische Blume pflücken musste, und das hat er getan. Sie hat sofort Ja gesagt. Sie hat das Schloss ohne Schlösser und ohne Heizung verlassen. In der Rue de Prony stand ein Flügel. Er muss immer noch da sein … ganz sicher. Das Gerechteste wäre gewesen, ihn mit einer Axt zu zertrümmern, als Thérèse starb. Man hätte ihn erledigen müssen wie ein verletztes Pferd.

Mein Vater hatte immer in der Rue de Prony gewohnt und vor ihm seine Eltern und seine Großeltern, vorgefertigte Leben. Du stellst dich da hin und rührst dich nicht mehr vom Fleck. Du wirst in den Armen deiner Mutter geboren und trittst in die Fußstapfen deines Vaters. Du verlässt die Arme deiner Mutter und folgst den Spuren auf dem Boden. Du gehst geradeaus … Ja, natürlich, so hat er sie rumgekriegt, mit dem riesigen schwarzen Flügel. Sie ist dorthin gekommen, hat ihn geöffnet und zum Leben erweckt, ihn und das Haus gleich mit. Wenn sie spielte, setzte ich mich unter das Instrument, ich schloss die Augen und hielt die Füße fest, um das Vibrieren des Holzes zu spüren, und es war, als schlage das Herz meiner Mutter in meinen Händen. Ich liebte sie, Suzanne, wenn du wüsstest … Manchmal … manchmal hatte ich das Gefühl, sie sei nicht meine Mutter, sondern meine kleine Schwester. Es war, als wären wir zwei Kinder, die man in die falsche Familie gegeben hatte, so ähnlich waren wir uns. Wir verstanden uns ohne Worte. Sie sah mich mit ihren großen Augen voller Liebe an, sie war überzeugt, dass die anderen Mütter eifersüchtig auf sie waren, die Armen, sie hatten so gewöhnliche Kinder, während ich … Aber eines Tages habe ich erkannt, dass ich nicht ihre einzige Liebe war. Eines Tages haben sie und ich ein anderes Leben geführt, ohne den Spuren meines Vaters zu folgen und ohne es ihm zu sagen. Es gab einen anderen Weg. Sie nannte ihn »das große Geheimnis«. Davon muss ich sprechen. Vom Schlimmsten. Ich würde dir die Dinge gern in der richtigen Reihenfolge erzählen, aber das funktioniert nicht. Alles müsste aufeinanderfolgen, oder? Womit sollte ich anfangen? Wie soll ich dir so von Thérèse erzählen, dass du sie liebst? Natürlich will ich, dass du sie liebst. Vielleicht sagt das am meisten über sie, dieser Vater, der von seinen Schlössern spricht, während sie vor einem Cembalo weint? Du bist der erste Mensch, dem ich begegne, der ohne Angst lebt. Also werde ich für dich mit dem Ende anfangen: Ich habe meine Mutter getötet. Ich habe ihr so sehr wehgetan … Aber du musst auch wissen, dass es vorher ein anderes Verbrechen gab und dass ich darin verwickelt bin, du musst mir glauben, ich war daran beteiligt, und ich war acht Jahre alt. Mach die Lampe hinter dir an, man sieht ja gar nichts. Schau mich an. Von dem, den ich habe sterben lassen, habe ich dir noch gar nicht erzählt. Wir essen etwas, ja, du musst Hunger haben, Suzanne, komm in meine Arme. Kannst du auch Cembalos stimmen?

AN DIESEM ABEND HABEN WIR uns sehr früh hingelegt, Serge und ich. Als gäbe es nach diesem Geständnis nichts anderes mehr zu tun. Unsere Müdigkeit war gewaltig. Unser ganzes Sein war in dieser Müdigkeit versunken. Ich habe ihm noch etwas über Cembalos erzählt. Über ihre Klangfarbe, die Malereien auf dem Korpus, und dann das Feuer der Revolution, dass man sie während eines Konzerts mehrfach stimmen muss und dass der Künstler es oft selbst macht. Serge war enttäuscht. »Der Künstler? Ohne Stimmer?« Ich verlor etwas von meiner Macht. Schon. Also schlug ich vor, dass wir es holen. »Was?« Das Cembalo. Das in dem Schloss ohne Schlösser. Serge sagte, dass seine Großeltern sicher tot seien und das Schloss verkauft, vielleicht für einen symbolischen Euro, das war alles nichts wert, es gab keinerlei Realität mehr zwischen ihm und dem Cembalo.

Ich habe in jener Nacht nicht geschlafen. Es war unsere erste und einzige gemeinsame Nacht, ich wollte die Stunden vergehen sehen und im Gedächtnis behalten. Serge drückte mich an sich, ich wagte nicht, mich zu bewegen. Man hörte weder Züge noch Durchsagen, in der Gare Saint-Lazare gab es nur noch junge, in Kartons versteckte

Obdachlose. Und schlafende Tauben auf den Metallstreben. Die Stille glich einem Kummer, der sich zurückhält.

Ich versuchte mir alles von Serge zu merken. Nicht das, was er gesagt hatte. Sondern ihn. Den Geruch seiner Haut, die Beschaffenheit seiner Haare, die Form seiner Arme, die leisen Geräusche seines Atems, wenn er schlief. Ich sagte mir: Ich werde ihn verlieren, aber ich weiß es – was für ein Privileg. Wie oft verlieren wir die, die wir lieben, ohne es zu wissen? Wie oft ruft man Auf Wiedersehen, ohne sich auch nur umzudrehen, und es ist für immer zu Ende, und das, was man gern zurückhalten würde, das, was man gern noch einmal durchleben würde, auch nur eine Minute, auch nur im Traum, existiert einfach nicht mehr! Serge und ich lagen auf diesem Floß über dem schlafenden Bahnhof, in der traurigen Stille vor den großen Weihnachts- und Silvesterschlemmereien. Die letzten unschuldigen Momente. Bevor alle Welt beschließt, in derselben Minute glücklich zu sein, Neujahrswünsche ruft und dann in überfüllte Züge steigt. Und sich über die Müdigkeit, ein nicht aufzuholendes Schlafmanko beklagt, als wäre die Mühe immer dieselbe: die Augen offen und den Körper aufrecht zu halten.

Serge wollte, dass ich mich an Thérèse erinnere, dass ich manchmal an sie denke. Das war unmöglich. Thérèse war eine Abwesende, deren Bild zu nichts passte, sie hatte kein Gesicht, keine Stimme, keine Makel. Sie war tot. Und ich trauerte nicht um sie.

Serge schlief in meinen Armen, und am frühen Morgen, als die ersten Züge aus Lisieux und Étretat kamen, jenen Landschaften aus Feldern und Sand, die ich so gut kenne, da weckte ich ihn, indem ich ihn sanft in mich nahm, langsam, damit sich der Moment ausdehnt und uns prägt. Ich hatte ihn aus dem Schlaf gerissen und zog seine Schultern über mein Gesicht, seinen Hals an meinen Mund, ich sah nichts anderes als seine Haut, ich hörte ihn stöhnen, glücklich und unglücklich, schwankend zwischen dem, was ihn überschwemmte, und dem, was er verlieren würde. Und immer ist die Liebe diese Inbesitznahme, die sich verbirgt.

Dann fing er langsam wieder an zu sprechen, der schwarze Kaffee löste den Wein ab, draußen fiel der Regen, fein und eisig, und dann Schnee, der die Geräusche der Straße zudeckte. Ich hörte nur noch Serge, seine tiefe Stimme, ein wenig singend in der Erregung, und seine Seufzer, sein langes Schweigen. Wie Geständnisse in Musik.

SEHR SCHNELL NAHM DIE KINDHEIT die Farbe an, die mein Vater ihr zu geben beschlossen hatte. Die Farbe der Furcht. Er gehörte zu den Menschen, die immerzu da sind, selbst wenn sie abwesend sind, weil alles für sie geschieht. In der Angst vor ihnen. An meinen Vater zu denken hieß, schon voller Beklemmung zu sein.

Ich habe ihn nie gehasst. Dazu hatte ich zu große Angst vor ihm. Die Angst überwuchert alles. Mit ihr ist man wie angewurzelt. Am meisten erinnere ich mich an die Unruhe. Ich sehe einzelne Szenen, Fragmente von diesen Szenen, das, was man »schlechte Erinnerungen« nennt. Wir sitzen zum Beispiel am Tisch, meine Eltern und ich. Wir essen Mittag, und wie üblich gibt mein Vater den Ton an, er spricht mit seiner belehrenden, etwas professoralen Stimme, er wendet sich an meine Mutter, als müsste er ihre Zurückgebliebenheit in allen Dingen wettmachen, er seufzt, als er ihr erklärt, dass sie keine Ahnung hat, dass es viel komplizierter ist, manchmal steht er auf, um ein Buch oder eine Zeitschrift zu holen und neben ihren Teller zu legen. Meine Mutter murmelt: Danke, und schon ist die Stille nicht mehr dieselbe. Das Geräusch des Bestecks auf den Tellern. Das Schluckgeräusch, wenn wir trinken.

Alles wird laut und nimmt Raum ein, wie ... du kennst das ... wie Instrumente, die man vor dem Konzert stimmt, und das Räuspern im Publikum, die Art, wie man sich zurechtsetzt. Es bereitet sich vor, es wird kommen, man weiß es, man wird dieses Stück spielen, und es fängt immer gleich an; am Anfang regt sich mein Vater nicht auf. Er hält sich zurück. Ich sehe, wie er sich anstrengt, um nicht zu brüllen, seine Fäuste ballen sich, seine Finger sind so rot, er sagt »Was? Stimmt etwas nicht, Thérèse?« Und sie schüttelt den Kopf und lacht, ich hasse dieses Lachen, ich sehe, dass sie nicht mehr ihr Alter hat, sie könnte mich gegen nichts verteidigen. Für Hubert ist es zu spät. Die Maschine läuft. Er öffnet die Hand, er starrt in seine Handfläche, er spricht immer lauter, und Thérèse hat diesen Tick, mit den Fingern durch ihr Haar zu fahren, ich könnte mich in meinen Teller übergeben und habe das Gefühl, dass meine Beine zu kurz sind, sie reichen nicht bis zum Fußboden, und ich warte, ich weiß, was passieren wird. Wie es passieren wird. Manchmal habe ich es eilig, dass es kommt, habe ich es eilig, dass er sie schlägt und dass es vorbei ist, ich verabscheue mich, es zu wünschen, aber ich habe Lust zu schreien: »Mach schon! Schnell! Mach schon und verschwinde!« Die Beklemmung dauert so lang ... Ich schwitze so sehr, als hätte ich eingemacht. In der Sekunde, wo mein Vater Thérèse schlägt, weiß ich nicht mehr, was geschieht, es ist etwas, das ganz schnell geht, seine Hand in ihrem Gesicht, und das ist es, was ich will, »Das geht zu schnell, ich kann nichts machen«, sage ich mir. Es ist gut, dass es schnell geht. Ich habe sie nie verteidigt, kein einziges Mal, ich bin niemals aufgestanden, ich habe meinen Vater nie angeschrien, er solle aufhören, ich habe niemanden je angefleht, kein einziges Mal, nie.

Wenn meine Mutter Schläge bekam, wandte ich summend den Kopf ab, ich sagte mir, dass es bestimmt das war, was sie wollte, dass ich nichts mitbekomme, dass es eine Geschichte zwischen ihr und meinem Vater bleibt, für Kinder verboten. Wenn er sie am Tisch geschlagen hatte, wie in den meisten meiner Erinnerungen, warf mein Vater seine Serviette hin, stand auf, und wir hörten die Tür knallen. Und dann die Stille, riesengroß, im ganzen Haus. Meine Mutter fragte: Willst du Nachtisch, Sergio, mein Schatz? Ich nickte. Meine Augen brannten. Ich empfand keinen Hass. Immer dieses verfluchte lähmende Entsetzen. Ich wusste, dass Maman in der Küche, wo sie meinen Nachtisch holte, endlich in Tränen ausbrach. Und eben deshalb ließ ich sie glauben, ich hätte noch Hunger.

Ein Sohn lernt von seinem Vater, oder? Er bewundert ihn. Respektiert ihn. Er trägt seinen Namen wie die Farben einer Flagge. Ich glaube, dass es am Anfang zwischen Hubert und mir ganz gut lief. Er lehrte mich schwimmen, Modellbau, die Regeln eines Fußballspiels, was will man mehr? Was ist dann passiert? Vor Ostern, am Ende der Kindheit, glich ich den anderen, denen in der Schule, mit denen ich mich langweilte. Ich hatte einen Namen. Zwei Eltern. Eine Adresse. Da gehörte ich hin, Name und

Adresse, die immer eins waren. Ich dachte, ich sei das Zentrum von allem und alle lebten, weil ich es beschlossen hatte. Genau das lassen die Mütter ihre Kinder glauben, nicht wahr?

Ich muss dir von David erzählen. Eigentlich müsste ich von nichts anderem erzählen als von David. David. Das Ende der Kindheit. Ich war sieben Jahre alt, als die Geschichte zwischen Thérèse und ihm anfing … jedenfalls für mich. Thérèse nimmt mich mit. Ich entdecke, dass es außerhalb der Rue de Prony andere Welten gibt, es ist, als würde man mir Geheimtüren öffnen; das Leben hat verborgene Winkel, und ich bin eingeladen, man will mich, ich habe das Recht, in ihren glücklichen Tagen zu sein. Ja, genau das empfand ich am Anfang. Eine improvisierte Atempause. Stolz. Und außerdem war Maman bei David schön, sie hatte keine Angst mehr, verstehst du, das hat die Liebe vollbracht, jetzt weiß ich es, die Liebe macht mutig. Aber nach dieser anfänglichen Freude kommt ein Unbehagen, etwas, das mich erstickt, das mich einzwängt, ja, ich bin in ihrer Liebe eingezwängt, sie schaffen mir einen Platz, aber es ist nicht der richtige. Ich weiß es nicht. Ich spüre es. Das erste Mal an einem Nachmittag … David ist Pianist von Beruf, und an diesem Nachmittag spielt er für Thérèse das Stück, das sie nie zu spielen schafft, die h-moll-Sonate von Liszt. Das ist womöglich schlimmer als eine Mahlzeit mit meinem Vater. Für mich. Ich hasse diesen Moment. Maman ist begeistert, sie drückt meine Hand, aber dabei sieht sie David mit strahlendem Schaudern an, aber, mein Gott, warum bin ich da? Warum wollen sie, dass ich das höre? Ich bin in ihre gegenseitige Faszination verwickelt, aber diese Bewegtheit *kann ich nicht* teilen. Es geschieht noch etwas anderes als die Sonate, etwas, das sie mir verheimlichen, und dennoch erlebe ich diese schreckliche Lust in der Musik, ich fühle mich unbehaglich, und zum ersten Mal weiß ich, dass man meinen Vater belügt. Das ist alles. Es klingt wie nichts, ich weiß. Aber für mich ist es alles.

Danach habe ich keine genauen Erinnerungen mehr an die Tage von Thérèse und David, ich glaube, ich war nicht mehr dort, ich erinnere mich nicht. Aber Thérèse hatte sich verändert. Sie war nervös, immer auf der Lauer, sie verbrachte noch mehr Zeit am Klavier. Manchmal spielt sie stundenlang dieselbe Phrase, als wollte sie uns alle vertreiben, und dann hört sie plötzlich auf und drückt mich an sich, ich will nicht, dass sie mich an sich drückt, ich will weiter all das anschauen, was sie nicht sieht, wenn sie spielt, das Leben hinter ihrem Rücken, das gefährliche Leben mit meinem Vater, der nicht mehr wütend ist, der sie hasst, ich sehe es, ich bin der Einzige, der es sieht, verstehst du, Suzanne? Ich bin der Späher, und sie merkt nichts und wagt, mich an sich zu drücken, obwohl ihr mein Vater das Genick brechen wird, ich weiß es! Ich weiß es, und ich sage nichts. Voilà.

Dann kamen die Osterferien. Wir blieben in Paris. Und am Tag vor Ostern … Ich war acht Jahre alt, ich war in der dritten Klasse. Der Tag vor Ostern war der letzte Tag. Der letzte Abend unserer Familie, meines Lebens mit Thérèse. Danach wurde ich in ein anderes Dasein versetzt, geschleudert. Man schickte mich ins Jura in ein Internat. Das Internat war ein riesiges Gebäude aus grauem Stein; die Flure waren endlos, aber du kannst mir glauben, niemand hätte daran gedacht, dort Fahrrad zu fahren. Ich war in diesem Flur, in diesem Gebirge wie ein Flüchtling in einem Land, das noch nicht entstanden war. Die Rue de Prony verblasste allmählich, es wurde die Straße von jemand anderem, einem Kind, das ganz sicher nicht ich war. Man hat oft dieses Gefühl, dass die Orte sterben, wenn man sie verlässt, aber ich wusste, dass nicht die große Wohnung verschwunden war, sondern der kleine Junge darin.

Am Tag vor Ostern, vor dem Internat, das war also der letzte Abend. An diesem Abend habe ich Thérèses Koffer auf dem Bett stehen sehen. Ich habe sofort begriffen, dass sie weggeht, dass es nicht die Ferien sind, dass sie mich verlässt. Davor fürchten sich alle Kinder, oder? Alle, die auch nur ein bisschen Grips haben. Ich sah ihren Koffer an, ich hörte sie den *Liebestraum* spielen und ich wusste, dass sie mich wegen David verließ. Dass sie ihn gewählt hatte, ihn. Ich ging aus ihrem Schlafzimmer ins Wohnzimmer. Sie trug ein gelbes Musselinkleid, sie spielte, und wie üblich sah sie nicht die mächtige Masse, den Körper meines Vaters hinter ihr. Er fing an, über das Klavierspiel hinweg auf sie einzureden. Sie antwortete nicht. Er sprach lauter. Sie spielte weiter. Plötzlich riss er die Bücher aus dem Regal. Warf sie auf den Boden. Und dann die Gläser auf dem Tisch der Minibar, die Vasen, die Stühle. Meine Mutter drehte sich kein einziges Mal um. Kannst du dir das vorstellen? Das Wohnzimmer, das zerschlagen wird, und sie, die die Finger auf die Tasten legt … Sie demonstrierte meinem Vater, dass sie keine Angst mehr vor ihm hatte, dass es keine mögliche Bindung mehr gab. Sie wagte es, zum ersten Mal. Ich schaute alle beide an, meine durchgedrehten Eltern, und ich konnte nichts tun, nur auf der Schwelle stehen bleiben wie ein erstarrtes Kind. Wie stumpfsinnig.

Und dann ging mein Vater zu Thérèse, ich wusste nicht, dass es der wahnsinnigste Teil seines Selbst war, der aus ihm auftauchte. Meine Mutter weinte jetzt, ich sah es an ihren Schultern, sie hatte mir immer gesagt, man dürfe nicht mit den Schultern spielen, aber sie hoben sich, und ihr Kleid bewegte sich zu heftig. Mein Vater ging zu ihr und brüllte: »Verdammte Schlampe!«, mit heiserer, fast tonloser Stimme. Und dann hat er den Klavierdeckel auf ihre Finger geknallt. Ein lauter, kurzer Schlag. Sie hat aufgeschrien. Sie hat sich umgedreht, hat mich auf der Schwelle gesehen, wie ich sie anschaute, ohne die Augen zu senken, ohne Mitleid, weil ich den Koffer auf dem Bett gesehen hatte. Sie sah mich weinend an, ich erinnere mich an ihr *erstauntes* Gesicht. Ich wollte, dass sie da bleibt, auf ihrem Klavierhocker weint, dass sie sich unter keinen Umständen rührt. Aber sie ist aufgestanden. Sie ist in ihr Zimmer gegangen.

Ohne diesen Koffer, Suzanne, ohne diesen verfluchten Koffer wäre nichts von dem geschehen, was sich an diesem Abend abspielte. Ich wollte meine Mutter bestrafen, einfach um noch einen Platz in ihrem Leben zu behalten. Sie ist in ihr Zimmer gegangen, und ich bin mit meinem Vater allein geblieben. Er hat getrunken. Er hat nicht aufgehört zu trinken. Und dabei war er ruhig, wie ein Mann, der die vernünftigste Entscheidung seines Lebens treffen wird. Er gehorchte systematisch einem irren Gedankengang. Er griff nach dem Telefon, und ich habe gehört, was ich nie hätte hören dürfen.

ICH GING RAUS. Ich ging auf den Balkon, um den fallenden Schnee in der Nacht zu spüren, unausweichlich und eisig. Je weiter Serges Geschichte voranging, desto dunkler wurde sie und desto näher kam die Stunde des Abschieds. Ich wusste, dass er am nächsten Tag Lucie und den Kindern in das Haus ihrer Familie folgen würde, um Weihnachten zu feiern. Vielleicht hatte ich keine Lust, bis zum Ende zu hören, was David und Thérèse zugestoßen war. Die beiden hatten sich geliebt, sie wurden getrennt, und Serge war von einem eifersüchtigen Alkoholikervater ins Internat geschickt worden. Das ist der banale Schmerz, das unmenschliche und wahre Leiden. Warum sollte ich mich mit dieser Geschichte belasten? Überall brannten Lichter in Paris, und ich hatte keinen Ort, an den ich gehen konnte. Überall saßen erschöpfte Mütter mit ihren Geschenkpäckchen in den Vorortzügen, und ich beneidete sie. Ich beneidete diejenigen, die ein Ritual hatten, an das sie sich halten konnten. Ich beneidete diejenigen, die jemanden hatten, den sie um Verzeihung bitten konnten. Dem sie Vorwürfe machen konnten. Szenen oder Liebeserklärungen. Ich beneidete diejenigen, die Kinder, Eltern, Geliebte hatten. Die Weihnachten in einem Flugzeug, einem fernen Land, einer Hütte in den Alpen, einem Hotel in New York feierten. Ich beneidete alle, die wussten, was sie in den nächsten Tagen tun würden. Was sie essen würden und mit wem. Was sie feiern würden, ohne zu schlafen, ohne zu scheitern. Ich beneidete alle, die nicht auf diesem Balkon in der Rue de Rome standen, mit einem Mann, aus dessen Mund die Worte kamen wie die Schlangen der verfluchten Prinzessinnen. Und ich sollte sie in Gold verwandeln? Allein mit diesem Gold in den Händen weggehen, auf Straßen voller Schneematsch? Ich hatte keine Lust, eine Heilige sein. Ich hatte Lust, für etwas anderes auserwählt zu sein als für die Verfügbarkeit und die Aufmerksamkeit, für die Serge mich begehrt hatte. Ich hatte Lust, schwach zu sein und getröstet zu werden. Geschützt und angebetet. Für ein paar Stunden zu werden, was ich nie gewesen war. Ich hörte den Anfang der großen Sonate, die gespielte Note, die Stille. Die Wiederholung der Note, die Stille, um vorzubereiten, was hervorquellen wird, die dumpfe Drohung, ehe alles losbricht und unvermeidbar wird, der erschöpfende Kampf. Die große Sonate interpretieren heißt *sein.* Pianist. Virtuose. Sportler. Dichter. Langstreckenläufer. Liebesrasender. Belohnter. Auserwählter. Wer ist diese Mutter, die ihr Kind zu diesem großen, intimen Geheimnis mitnimmt? Warum lässt sie den Sohn diese Zeit teilen, die sie dem Chirurgen stiehlt, der in der Rue de Prony hinter jeder Tür lauern kann? Hinter jeder geschlossenen Tür der Vater. Der allgegenwärtige, abwesende Vater. Der verfluchte, immer siegende Vater. Der Vater, als dessen Kind man nie geboren sein möchte. Der Vater, dem man nicht ähneln möchte. In nichts. Nicht dem Profil. Der Hand. Der Form der Nase. Der Vater, den man nicht gekannt haben möchte, der unwürdige, der legitime Vater.

Der Himmel war blassgrau, schwer von Schnee und Nacht, die Busse fuhren nicht mehr, die Autos rutschten, in der Gare Saint Lazare sagte man Zugausfälle an wegen Schnee auf den Oberleitungen. Paris kam zum Stillstand. Schloss sich wie eine Falle. Da hörte ich hinter mir Serges Stimme. Er stand ganz nah, hatte das Licht nicht eingeschaltet, und er erzählte weiter, noch weiter.

ICH WERDE DIR SAGEN, was ich niemals hätte hören dürfen, an jenem Abend, dem Abend vor Ostern. Das, wovon ich mir nie vorgestellt hätte, es eines Tages zu erzählen: die Worte meines Vaters am Telefon. Er sprach mit einem Mann, den er duzte und auch anschnauzte, ein Mann, der in der sozialen Ordnung unter ihm stand, ein Pfleger oder Anästhesist, nehme ich an, weil an dem Abend nur von Medizin die Rede war; er wiederholte ein Wort, immer dasselbe: Cardiorythmine. Mein Vater sprach von einer Dosierung, die der andere kannte, man hätte meinen können, sie seien sich in allem einig, aber mein Vater müsse brutal werden, damit es geschieht, ich hörte »Rhythmus«, wie in der Musik, Cardiorythmine, ein schnelles, vorpreschendes Wort. Am Telefon sprach mein Vater mit nervöser Ironie, er nahm keine Rücksicht auf den anderen und trank weiter, schwitzte, rülpste, wechselte zwischen Wut und einem kurzem Lachen, das mich erschreckte.

Und am Ende nannte er Davids Namen, seine Adresse und das Lokal in der Rue de Seine, in dem er abends essen ging. Aber der andere wusste anscheinend schon alles und hatte sogar sein Foto. Das alles war lange geplant, auch wenn an jenem Abend irgendetwas aus der Ferne gezündet wurde. Wie eine Bombe. Mein Vater kannte David, er hatte ihn wahrscheinlich beobachten lassen, er hatte uns verfolgt, ganz bestimmt.

Wusste er, dass ich da war, als er den Mord anordnete? Befriedigte es ihn zu wissen, dass ich seine Allmacht spürte? Hatte er das Gefühl, endlich wieder den ihm zustehenden Platz einzunehmen, nachdem man ihn reingelegt hatte? Vielleicht war er so betrunken, dass er kein Bewusstsein der Wirklichkeit mehr hatte … Ich werde es nie erfahren. Ich werde nie erfahren, ob er sich womöglich darauf verließ, dass ich alles meiner Mutter erzählen würde. An jenem Abend jedenfalls täuschte er sich. Ich habe Thérèse nicht gewarnt. Ich wollte nicht, dass sie David rettet und mich verlässt. Ich wollte nicht allein mit meinem Vater in diesem verwüsteten Wohnzimmer leben.

David ist an jenem Abend gestorben. Ein müheloser Mord. Und ein sauberer. Ich blieb das stumpfsinnige Kind, der Zeuge. Ich kannte weder das Wort »Selbstmord« noch das Wort »Mord«. Es geschahen Dinge, die ich nicht benennen konnte. Aber ich hätte David retten können. Und ich habe es nicht getan.

Nach dem Telefongespräch hat Hubert die Wohnungstür abgeschlossen, er hat Thérèse gebeten, erst am nächsten Tag zu gehen, er ist auf die Knie gefallen, kannst du dir das bei ihm vorstellen? Er kniete vor ihr, und sie … Ich sah sie von der Schwelle, immer von der Schwelle aus, als hätte ich verstanden, dass das mein Platz war, als würde ich nie mehr ein Zimmer betreten, ohne mich darin zu viel zu fühlen. Sie sah angewidert auf den betrunkenen, schwitzenden, knienden Mann, und sie glich einer Königin, das habe ich gedacht: Sie ist eine Königin, aber da stand der Koffer auf dem Bett. Wenn du wüsstest, Suzanne! Wenn sie es mir nur gesagt hätte … Es gab einen zweiten Koffer, aber das wusste ich nicht! Ich wusste es nicht, verstehst du? Sie wollte mich mitnehmen. O Gott! Verzeih mir …

DAS ALSO WAR SERGES GESCHICHTE. Ein Kind, das sieht. Das hört. Und schweigt. Ein Mann, der eines Abends in einem Lokal an der Rue de Seine stirbt, Herzstillstand. Und die Geschichte ist zu Ende. Wer ist schuldig? Wer wurde bestraft? Thérèse starb zwei Jahre nach David. Nach dem Mord hatte sie ihren Koffer genommen, war gegangen, hatte sich in ein weißes Bett gelegt und war dem Tod entgegengeflossen. Sie hat ihren Sohn nie wiedergesehen. Serge ist in zu großen Internaten und zu fernen Ferienlagern aufgewachsen, er hat seinen Vater ab und zu gesehen, nie lange genug, um die Spur einer einzigen Erinnerung, einer möglichen Bindung zu hinterlassen.

Ein untröstliches Kind. Das könnte jeder von uns sein. Vielleicht genügt es, nicht daran zu denken. Sich nicht bei dieser Kluft aufzuhalten. Serge weinte, aber was konnte ich mit seinen Tränen anfangen, da er mich verließ? Wie tröstet man einen Mann, der geht? Die Männer gehen und lassen uns glauben, dass sie sich nicht davon erholen werden. Wir wissen, dass das falsch ist. Die Männer gehen, um endlich zu erfahren, wo sich ihre Wunde verbirgt. Sie verlassen uns, um ihrem Lebensschmerz einen Namen zu geben. Ich sah Serge Sergios Tränen weinen, aber ich wusste, dass er am nächsten Tag mit Lucie und den Kindern vor dem Weihnachtsbaum Aufstellung nehmen würde, und es würde ein schönes Foto werden.

SERGE TRÄGT SEINEN ANZUG, seine Krawatte, sein Eau de Toilette. Serge hat sich als Familienvater verkleidet, der Weihnachten feiert. Er streift Lucie mit einem Blick. Er deutet flüchtige Gesten an, seine Hand auf ihrer, sein Atem an ihrer Wange. Er bändigt seinen Schmerz und versucht, in den Kreis zurückzukehren. Versucht, nie an Suzanne zu denken, an den Schwindel der Abwesenheit, die Sehnsucht. Er strebt wie jeder Mann nach einem einfachen und anständigen Leben. Er fühlt sich nicht von seinen Fehlern gereinigt, obwohl er den Mord durch Mitwisserschaft an David gestanden hat und auch den Tod von Thérèse, die der Schmerz umgebracht hatte. Er will sich wieder ins Zentrum stellen, will, dass sich die Erde um ihn dreht. Er spricht mit seinem Schwiegervater über Börsenkurse. Er macht seiner Schwiegermutter Komplimente für ihre neue Frisur. Er ist fast so alt wie sie und schwankt zwischen gleichberechtigter Vertrautheit und der Hierarchie geschuldeter Zurückhaltung. Er ist ihr Gast und ihr Schwiegersohn, er hat sie zu Großeltern gemacht, und er schimpft mit Chloé, wenn sie sich vor den Erwachsenen einen Keks als Vorspeise nimmt. Und dann lacht er und setzt sie auf seinen Schoß, schaut ins Objektiv, Théo macht das Foto, sein Großvater borgt ihm den

Apparat, heute ist alles erlaubt. Kaum ist die Aufnahme gemacht, wendet Serge den Blick ab. Théo beobachtet ihn weiter durch das Objektiv, er zoomt, vergrößert seinen Vater und entfernt ihn, immer hin und her.

Es ist ein angespannter Weihnachtsabend, gezwungene Freude, zum Glück sind die Kinder da, um die Leere zu füllen, und man kann ihre Worte, ihr Verhalten kommentieren. Lucie spricht mit ihren Schwägerinnen, es ist einfach, so zu tun, als würde man sich verstehen, wenn gut erzogene Frauen miteinander sprechen, es läuft von selbst, das ist die Kunst der Konversation. Sie spricht mit den Frauen ihrer Familie und fühlt sich fremd, wie jemand, der sich unendlich anstrengt, um nicht zu fallen. Sie spürt Serges angedeutete Gesten, seine Hand auf ihrer, seinen Atem an ihrer Wange, und weiß bereits, dass sie eines Tages ohne Illusion und ohne Groll sein wird. Sie wird verziehen haben. Sie wird enttäuscht sein und lächeln. Sie wird verziehen haben. Es wird ein Leben ohne Schwung sein, das nicht aus der Bahn geraten, das niemals abheben wird, und schnell werden die Gipfel in diesem Dasein ohne Amplituden erreicht sein. Sie weiß das alles, was Serge nicht weiß. Das ist ein jahrhundertealtes Frauenwissen, und sie überlässt den jungen Mädchen den Wunsch zu träumen, sie steigt aus, trotz allem erstaunt, dass es schon vorbei ist, sie dachte nicht, dass sie so schnell den anderen gleichen würde.

Serge sieht sie an und findet sie schön. Es beruhigt ihn, dieses Gefühl wiederzufinden, es ist, als hätte sich nichts geändert, als könne alles weitergehen wie vorher. Aber plötzlich spricht eine Stimme zu ihm, die aus dem Innern kommt. Sie sagt zwei Worte, mehrmals hintereinander. »Die Schöne und das Tier. Die Schöne und das Tier.« Serge sagt sich, dass es aufhören wird. Es hört nicht auf. Die Schöne und das Tier. Er trinkt. Er isst. Er raucht. Er redet laut, er staunt und ruft, aber nichts kann die Stimme übertönen. Da steht er auf und setzt sich ans offene Fenster. Er sieht Tausende von Sternen an diesem Weihnachtsabend, sieht Kerzen und geschmückte Tische. Der Himmel ist vertraut, ganz nah. Und die Stimme macht weiter. Die Schöne und das Tier. Die Schöne und das Tier. Da seufzt Serge und schließt die Augen. Er weiß, wo das Tier ist. Er weiß, wo er es findet. Er hat es seit vierzig Jahren nicht gesehen … Als er sich aufrichtet, sieht er Théo. Er ist da, ganz nah, am Kindertisch. Er zeigt seinen Cousins, wie man eine Mandarine schält, um daraus eine Weihnachtskerze zu machen. Er macht ganz kleine, präzise Bewegungen, und man könnte meinen, seine Hand zittere ein bisschen. Er ist ein Kind, das sich bemüht und die Aufmerksamkeit auf sich ziehen möchte. Und für ihn beschließt Serge, es zu tun. Weil es ihre letzte Chance ist. Sobald sie aus La Baule nach Paris zurückgekehrt sind, wird er seinen Vater besuchen. Dieses Tier, das niemals stirbt.

ER IST EIN ALTER MANN. Ein Greis. Hilfsbedürftig. Sterbend. Verbraucht. Abgelaufen. Mit einem Bein im Grab. Er ist verkalkt. Dement. Debil. Lächerlich. Genau, denkt Serge, wenn ich ihn sehe, muss ich bestimmt lachen. Ich werde staunen, dass ich so lange Angst hatte. Ich werde es nicht fassen können: dieser Schatten auf meinen Schultern, seit so vielen Jahren. War es nur das?, werde ich mich fragen, und dann werde ich bestimmt lachen. Alter Sack. Alkoholiker. Wrack. Hahnrei. Mörder. Wie komisch, dass mich dieses Gerippe, dieser arme Irre so verschreckt hat. Machst du in die Hosen, Papa? Kackst du ein? Nein. Das tut mir nicht leid. Du hast mir nie leidgetan. Sogar als ich dich bei Mamans Beerdigung gesehen habe, als du getorkelt bist, gebeugt und verloren, hast du mir noch Angst gemacht. Leidgetan nie. Dabei habe ich geweint … In dem Internat, das von Bergen umschlossen war, wie eine Insel für Sträflinge, habe ich jeden Tag gehofft, den Brief zu erhalten, der mir erlauben würde, nach Paris zurückzukommen und Maman wiederzusehen. Ich dachte, Gott bestrafe mich und ihr hättet eine Abmachung getroffen: Ich hatte David sterben lassen und würde nie mehr mit denen verbunden sein, die ich liebte. Ich lebte in großen Räumen, dort, wo sich der Atem weitet, aber ich war in dieser reinen Luft gefangen wie in einem Tornado. Und an dem Tag, als du geschrieben hast, hast du mir Mamans Beerdigung angekündigt. Sie ist in einer Klinik gestorben, und ich konnte nichts verhindern. Wer war bei ihr? Hat ein Engel ihr die Hand gehalten, ihr geholfen, nicht zu viel Angst zu haben? Eine Krankenschwester? Eine Frau in einem Nachbarbett, ebenso unglücklich wie sie? Hat sie ein Licht gesehen? Hat sie sich an mich erinnert? Hat sie nach mir gerufen?

Ich habe einen achtjährigen Sohn. Lange habe ich die Vorstellung abgelehnt, selbst Vater zu werden, und ohne Lucie hätte ich es nie gewagt. Vater sein heißt Monster sein, und ich bin es, auf die eine oder andere Art. Mein Kleiner fürchtet mich, und ich sehe zu, wie er auf der Hut ist und nicht näher zu kommen wagt. Ich will meinen Sohn in die Arme nehmen. Ich will sein Haar und seinen Schweiß riechen. Ich will seinen Herzschlag spüren. Seine Adern. Seine Wimpern. Jede lebendige Zelle. Ich will mit meinem Sohn herumgehen und ihn jedem Passanten vorstellen, jedem Unbekannten, zu ihnen sagen: Guten Tag, ich stelle Ihnen meinen Sohn vor! Wie die anderen, mit einem Stolz, der sie lächerlich macht, mit tiefer Zufriedenheit, mit grenzenloser und prahlerischer Liebe.

An diesem Morgen überquert Serge den Boulevard de Courcelles allein. Es ist Anfang Januar, ein neues Jahr, 2012. Er geht die Rue de Prony entlang. Sergio und Théo verschmelzen, er will sie trösten, und er geht zu seinem Vater, um sich zu versöhnen, nicht mit ihm, sondern mit den beiden Kleinen, mit Sergio und Théo. Er würde ihnen gern die Unschuld wiedergeben, die Gewalt des Wissens um diese zwielichtige Erwachsenenwelt heilen, die zu sehen man sie gezwungen hat. Das Kind als Zeuge ist für immer beschmutzt, Serge weiß es. Wenn der Menschenfresser aus dem Märchenbuch gestiegen ist, geht es nicht mehr um ferne Welten; das Schlimmste versteckt sich im eigenen Haus, eingefressen in das Alltägliche. Serge läuft rasch über den vereisten Bürgersteig der Rue de Prony. Er sieht seine Mutter vor sich, die kleinen seitlichen Schritte, die sie machte, wenn sie glücklich war, und die Lieder, die sie trällerte, und er, so ein Idiot! Er mochte das nicht! Wollte eine stille Mutter, wie die anderen, vernünftig, mit Einkaufstaschen und höflichem Lächeln, und heute sagt er zu ihr: Du warst so hübsch, Thérèse, und du bist nie älter geworden, sieh nur, ich bin älter als der Chirurg, der dich geheiratet hatte, älter als David, ich bin so alt wie ihr beide zusammen, da kann ich jetzt gut allein hingehen, zu diesem Dreckskerl.

Serge hat die Krankenpflegerin benachrichtigt, er will, dass sein Vater auf ist, wenn er kommt, er will, dass er gewarnt ist, und, wer weiß, vielleicht ein bisschen beunruhigt. Die Eingangshalle riecht nach Holz und Bohnerwachs, Serges Hand passt nicht mehr in das Löwenmaul am Ende des Geländers. Im großzügigen Treppenhaus dämpfen die Bleiglasfenster das Tageslicht, er denkt an die Kaleidoskope und Schaubilder zurück. Vor der Wohnungstür ist er auf eine neuen Höhe, der des Spions.

Die Krankenpflegerin öffnet dem sechzigjährigen Sohn, der Geruch in der Wohnung ist der gleiche, von Zimmern, in denen ganze Generationen geboren oder gestorben sind, von Porree und Kupfer, von der Feuchtigkeit alter Badezimmer, und das schwache Januarlicht legt einen zarten Schleier über den abgenutzten Flur, die Eichenmöbel, die strengen Porträts an den Wänden, und das Klavier ist da, immer noch … Zum Klavier geht Serge als Erstes. Es ist geschlossen wie ein Mund, der einen Schrei zurückhält. Das Klavier schweigt, und Serge weiß, dass Suzanne all seine Geheimnisse kennt, das Innere des Tiers, wie ein Gerichtsmediziner. Und Thérèses Atem begegnet Suzannes aufmerksamem Ohr, sie neigen sich über das Instrument, Sergio sitzt darunter, er umklammert die Füße, und er hört das Herz mehrerer Frauen schlagen, den allumfassenden Ton der Liebenden und ihrer Söhne.

Er muss sich nicht umdrehen, er spürt ihn in seinem Rücken. Den ewigen Verräter, den Schreckensvater. Serge streichelt das Klavier, es ist wie ein Gebet. Und dann dreht er sich langsam um. Und sieht ihn. Er sitzt in einem Rollstuhl, sein langer Körper gebeugt, ein mühsam aus seiner Schachtel gesprungener Teufel, dessen Feder schon halb kaputt ist. Und im frisch rasierten Gesicht mit den rosigen, schlaffen Wangen und der platten Nase, aus der schwarze Haare ragen, sind wie zwei Disteln in einer Ruine die schwarzen Augen, in denen lauernde Bosheit funkelt. Sie brauchen sich nicht Guten Tag zu sagen. Sie haben sich nie verlassen. Sie sind da, um sich Lebewohl zu sagen.

SERGE HAT DIE ARME zur Seite gestreckt, die Hände auf das Klavier gelegt, den Koloss, der hinter seinem Rücken wacht. Er ist größer als sein Vater. Zum ersten Mal. Jetzt könnte er das Wohnzimmer auf den Kopf stellen. Und den Rollstuhl gleich mit. Er ist in der Rolle des Mächtigen, er müsste es nur wollen. Aber er wird niemals ein Henker sein, es wäre zu einfach, durch Unmenschlichkeit Gerechtigkeit einzufordern. Hubert sieht ihn geduldig an. Er hat Zeit für das Duell, und er weiß alles, was Serge ihm sagen will. Die Litanei des Grolls. Der unvermeidliche Prozess. Was soll's? Es ist zu spät, um sich zu rechtfertigen. Keiner wird dem anderen etwas schenken. Die Hand ausstrecken und sich das Handgelenk brechen lassen. Also wartet jeder. Auf den Anfangssatz. Der niemals der gewünschte Satz sein wird. Der Sohn wartet zwangsläufig auf ein unwahrscheinliches »Ich bin stolz auf dich«, das alles enthalten würde. Sein Vater würde sein Leben kennen. Er, das Ass im Spionieren, würde ihn unbemerkt verfolgt haben, und, wer weiß, vielleicht auch seine Enkel? Er würde sie am Schultor beobachtet haben, wie ein Mann, der das Sorgerecht für seine Kinder verloren hat und nun Bilder, Splitter verstreuter Informationen stiehlt, weil er versucht zu verstehen. Aber der Vater wartet und sagt nichts.

Er könnte auch stolz sein auf die Schönheit meiner Frau, das Gedeihen meiner Agentur, all die äußeren Zeichen des Erfolgs, denkt Serge, und das ist so wenig, so lächerlich, dass er seinen Vater am liebsten bitten würde, ihn zu lieben. Ohne stolz zu sein. Ohne zu wissen, was er geworden ist und was nicht. Ihn blindlings zu lieben. Als direkten Nachkommen.

»Wie alt bist du?«, fragt Hubert.

»Ich bin dein Sohn. Ich bin Serge.«

Hubert zuckt mit den Schultern, der andere hält ihn wohl für einen senilen Greis?

»Wie alt bist du?«, fragt er erneut.

Serge antwortet nicht. Er möchte diesen Mann gern stimmen, wie Suzanne ihre Klaviere stimmt, er möchte, dass ein anderer Ton angeschlagen wird, nicht der der willkürlichen Überprüfungen, diese Art, ihn mit müder Enttäuschung zu mustern. Hat er vergessen, wann sein Sohn geboren ist? Versucht er ihn mit dem zu vergleichen, was er selbst in diesem Alter war, will er ihm zu verstehen geben, wie lang die Zeit ohne ihn war, vierzig Jahre, ohne ihn zu sehen? Und Serge hofft auf diesen Vorwurf, der eine Sehnsucht, vergebliches Warten eingestehen würde. Hat er seinem Vater gefehlt? Haben sein krankhafter Stolz, sein Elfenbeinturm den großen Chirurgen daran gehindert, den fernen Sohn um Hilfe anzurufen, während das Herz in seiner Brust ihn blutend erwartete? War er besessen von dem Unbekannten, der sein Sohn geworden war? Fragte er sich, wem er glich und ob er ihm ohne sein Zutun Leidenschaften, Marotten, Neigungen vererbt hatte? Hört er gern morgens Radio? Weint er in der Oper? Leidet er an Migräne? Mag er den Ledergeruch der Luxusautos? Zuckt er zusammen, wenn er ein Kind auf der Straße »Papa« rufen hört oder ein Erwachsener ins Mobiltelefon »Hallo, Papa« sagt? Dieses Wort, »Papa«, was heißt es? Dieses Wort, das nicht mehr ausgesprochen wurde, kann man es wieder einholen? Kann der Schmerz vernarben? Und die verlorene Zeit … Vergeudet. Verramscht. Zu spät. Alles, was Hubert nicht gesehen, was er ihn nicht gelehrt hat. Sich rasieren. Mädchen ansprechen. Zu spät. Die Freude, das Abitur bestanden zu haben. Zu spät. Frankreichs Fußballmannschaft Weltmeister. Die Freilassung von Mandela. Mitterands Wahl am 10. Mai 1981. Zu spät. Und die Entscheidungen, all die Entscheidungen, die ohne seinen Rat getroffen wurden, der erste Job, das erste Studium, die erste Braut, und dann Lucie. Lucie, mit ihrer Jugend und ihrem Kinderwunsch zu wagen, mit brüllender Angst zu wissen, dass es seine letzte Chance ist, sich von dem fehlenden Vater zu lösen, zu wagen, Leben zu schenken, es festzuhalten, ohne davonzulaufen … Ohne das blinde Vertrauen von Lucie, *die nichts weiß*, wäre Serge niemals der geworden, den man mit doppelter Verachtung benennt: PA PA. Das Lichtgewand des dunklen Mannes. Er erinnerte sich an die Worte von Pierre Fresnay an seinen Vater, in dem Film von Pagnol: »Ich hab dich gern, weißt du«, und Serge weint jedes Mal, wenn Raimu seinen Sohn im Nacken packt und ihm einen Kuss auf die Stirn drückt. Ich hab dich *gern*. Die ganze Schamhaftigkeit der Welt. Die Männlichkeit auf Knien.

Ich hab dich *gern.* Ich will dir *Gutes.* Ein Händler mit teurem Gut, das ist Serge geworden. Gut. Der rot geschriebene Vermerk auf den Klassenarbeiten, die sein Vater nie gesehen hat, den Zeugnissen, die er nie unterschrieben hat, niemals ihre beiden Namen nebeneinander, und Serge begreift, dass selbst die gleichzeitigen Erinnerungen, die seiner ersten acht Jahre, niemals gemeinsame sein werden, weil sie niemals erwähnt wurden. Was nicht gesagt wird, stirbt. Vater und Sohn leben ihre getrennten Geschichten. Niemals wird Serge seinen Vater fragen, ob er bei seiner Geburt gerührt war, ob er dabei war, wen er als Erstes angerufen hat, ob er sich betrunken hat, aber ausnahmsweise aus einem guten Grund, aus unendlicher Freude, ob er »Ich habe einen Sohn!« geschrien und seinen Vornamen wiederholt hat, dem er den hinzufügte, den er ihm schenkte? Der stimmige Klang der Vaterschaft.

Hubert schaut Serge an und sieht, was sein Sohn nicht weiß: die Ähnlichkeit mit Thérèse. Und das ist eine Verwirrung, die ihn empört; wie kann sie noch leben? Wie kann sie diese Macht haben, eine so junge Frau, die in einem Mann von sechzig Jahren lebt? Er hätte jedoch große Mühe zu sagen, *worin* Serge seiner Mutter ähnelt, es ist, als würde sie mal hier, mal da auftauchen. Die Nasenflügel, die sich in der Aufregung zusammenziehen, diese Erwartung im Blick, ein zurückgehaltener Schwung und eine leichte Besorgnis, Thérèse sah immer aus, als stünde sie nur auf einem Bein, als würde sie tausend Dinge gleichzeitig denken, und ihr Lächeln … Es waren zu viele Gefühle in einer einzigen Frau; sie versuchte, sich davon zu befreien, indem sie Klavier spielte, und sie wusste nicht, dass sich die Musik gegen sie wenden würde, sie nährte ihre gezügelte Freude, ihre Backfischträume und alles, was sie versteckte. Er fürchtete immer, sie zu verlieren. Seltsamerweise war ihr Tod eine große Erleichterung. Er hatte nichts mehr zu fürchten, weil alles vollbracht war. Was für eine Erlösung, als sie verschwunden war und die Drohung erloschen. Aber Serge sieht ihr heute so ähnlich. Er wird niemals glücklich sein. Und dieser Gedanke lässt Hubert lächeln. Am Ende des Wegs, was immer das erlittene Martyrium war, steht eine Gerechtigkeit.

»Du wirst niemals glücklich sein«, sagt er.

Serge trifft diese Prophezeiung mitten ins Gesicht. Er kann noch austeilen, denkt er, und er trifft genau. Er lehnt mich ab, und ich weiß nicht, warum. Die Internate bis zur Volljährigkeit, und dann das »Sieh zu, du bist jetzt volljährig«, ich habe nie erfahren, warum. Und der zwanzigjährige Serge, der sich mit ihm trifft, ja, wie sich ein Vater und ein Sohn sicher oft treffen. Wir treffen uns in dem Lokal, das du gern hast, in der Buchhandlung gegenüber der Comédie-Française, treffen wir uns vor der Oper? Gehen wir ins Prinzenparkstadion, hast du die Karten? Und die Überraschungen: Halt dir den Sonnabend, 4. Juni, frei, stell keine Fragen, halt ihn dir frei, sage ich. So machen es die anderen, oder? Und selbst die, die es nicht machen, die, die sich in der kleinen Wohnung im fünfzehnten Stock, im Häuschen am Stadtrand treffen, die mit dem Kuchen in der Hand, Hand in Hand, ohne Worte, ohne Kraft, ohne Pläne sind, selbst die sind glücklich. Beneidenswert. Sie haben ihre Rituale und ihre Manien, sie kennen die Fragen, die verärgern, und die tausendmal wiederholten Erinnerungen, die Meinungen, die reizen und die man akzeptiert, sogar die Langeweile dieser Besuche ist eine Bindung und Balsam fürs Herz. Aber das Treffen mit seinem Vater, als Serge zwanzig war, am Fuße der Statue, im Parc Monceau ...! Ein Händedruck und ein Umschlag, der nichts enthielt: fünfhundert Francs in Fünfzigerscheinen. Zur Begleichung aller Forderungen, hatte Serge gedacht, wie ein entlassener Sohn. Warum will er mich nicht?, fragt er sich wieder, und er weiß im selben Moment, als die Frage gestellt ist, dass sie ohne Antwort bleiben wird, dass die Nichtliebe das absolute Rätsel, die ewige Folter ist. Dafür gibt es keine Linderung. Die Ablehnung durch den Vater. Es gibt nur zurückgehaltenen Zorn, vereitelten Schmerz, in Kunst, in Wahnsinn, in Gebete verwandelt, kleine Litaneien an den Abenden der Einsamkeit. Hubert ... Ein Vater, der es schafft, ohne seinen Sohn zu leben. Sein ganzes Leben, ganz und gar, ohne seinen Sohn! Keine Krise. Kein Moment der Verwirrung. Nein. Sein ganzes Leben ohne eine Geste der Kapitulation. Ein Bedauern. Einen Schrei, der einem vielleicht im falschen Moment, am falschen Ort entschlüpft, *aber der einem entschlüpft*! Und wenn er dann ungehört bleibt, wenn er abgelehnt wird, wer weiß, ob nicht eines Tages ... sein Echo? Dann wacht man auf, man schreit sich an, man weint, man ruft, man ist zusammen in widerstreitenden Gefühlen, man rennt türenknallend weg, und dann fängt man sich wieder, man unternimmt diese übermenschliche Anstrengung, nur um noch ein bisschen bei diesem Vater zu bleiben, der dich zurückgerufen hat. Dich. Und zum ersten Mal.

»Wusstest du, dass ich zugehört habe, als du am Telefon den Auftrag für Davids Ermordung gegeben hast?«

»Schweig.«

Serge gleitet langsam nach unten, sein Rücken schabt am Klavier entlang, er setzt sich auf den Samthocker. Wie wagte es Thérèse, mit dem Rücken zum Feind zu spielen?

»Du hast keine Ahnung. Gestatte mir, dir das zu sagen.«

»Sprich nicht mit mir, wie du mit Maman gesprochen hast, wie du mit mir gesprochen hast, als ich klein war. Dein überlegener Ton, deine Verachtung! Ich habe dich zu sehr gemieden. Mein Lebensziel war: Wie kann ich leben, ohne diesen Kerl je zu streifen? Seinen Namen tragen, ohne dass er mich jemals einfängt?«

Hubert streckt die Hand vor seinem Gesicht aus, seine typische Geste gesellschaftlicher Überlegenheit. Warum ist Serge gekommen? Er könnte sich an den Nachbarn wenden, an den Tabakhändler, es wäre dasselbe, eine Abrechnung sechzig Jahre danach, eine alte Bitterkeit, die man mit Verspätung ausspuckt. Das Leben ermüdet ihn. Nichts überrascht ihn, und er ist niedergeschlagen, warum stirbt er nicht?

»Antworte mir: Wusstest du, dass ich zugehört habe, als du am Telefon den Auftrag für Davids Ermordung gegeben hast? Hast du erwartet, dass ich Maman warne? Wolltest du wirklich, dass es geschieht? Antworte gefälligst!«

»Du hast wirklich keine Ahnung. Und du hast nicht den geringsten Respekt vor mir. Hast du nie gehabt. Armer Schwachkopf! Wie naiv du bist.«

Da beschließt Serge, seinem Vater diese Ehre nicht mehr zu erweisen: etwas von ihm zu erwarten. Er sieht sich in dem alten beigefarbenen Wohnzimmer um. Außer dem Klavier, das er kaum mit seinem Körper schützt, erinnert ihn hier nichts mehr an Thérèse. Als hätte sie keinen Gegenstand berührt, kein Möbelstück, als hätte sie einzig auf diesem schwarzen Samthocker vor den Tasten gesessen. Hier ist auch nichts mehr von Sergio. Keine Spur von Spielzeugautos auf dem Teppich, kein heimlich gelesenes Buch, kein Spiel mit dem Muster der Vorhänge. Aber die Angst vor dem Vater. Seiner Stimme, die lauter wird wie eine Drohung. Und die unendliche Wiederholung seiner Wut.

»Du hast auch keine Ahnung«, sagt Serge. »Du hast Thérèse nicht gekannt, als sie glücklich war. Mit David. Ich erinnere mich an ihre Freude, an ihre Schönheit in diesen Momenten. Du willst, dass dein Sohn dir Respekt erweist? Dafür müsstest du erst den Platz des Vaters einnehmen, den kann nicht ich dir geben. Ich habe zugehört, du weißt es, als du den Auftrag für Davids Ermordung gegeben hast. Du hast mich zu deinem Komplizen gemacht. Das ist die Bindung, die du für uns gewählt hast, behalte sie. Ich lasse dir das beschmutzte, das schuldige Kind da. Aber den Jungen auf der Schwelle, den kleinen Sergio, den befreie ich, ich nehme ihn mit.«

Hugo betrachtet Serge mit einer neuen Traurigkeit, etwas abwesend und erschöpft, er ist erleichtert, dass es vorbei ist und dass er keine Wahrheit offenbart hat. Serge ist mit dem Schild seiner Gewissheiten gekommen. Er wird ihn nicht entmutigen. Er lässt ihm seine Wut, er weiß, dass auch das ein Weg ist, leben zu können. Er sagt es ihm nicht. Wer Sergio wirklich ist, dieses Kind auf der Schwelle. Das er mit sich zu nehmen meint. Wenn er wüsste!

18. Oktober 2012

SCHON KLETTERN auf der Place des Abbesses andere Kinder auf das Karussell. Voller Angst, dass das Holzpferd oder das rote Auto besetzt ist und sie es verpassen. Ich sehe diese Kinder nicht, ich ahne sie. Ich habe Serge kurz zugewinkt, bevor ich gehe, durch die Rue d'Orsel fliehe, immer geradeaus, um dem zu entkommen, was sich nicht leben lässt. Dem geliebten Mann. Seiner plötzlichen Anwesenheit. Wie ein Eindringling. Dem hochgeschlagenen Mantelkragen, seinen braunen Lederhandschuhen, seinem Hermès-Schal, seinem gesenkten Kopf, seinen Augenringen und seinem Blick auf mir. Der Luft zwischen uns, in dieser Spannung, die Zeit und Raum rafft, als stürben wir, als beträten wir diesen unbekannten Übergang ohne Norm.

Und ich höre seine Schritte, ich höre seine Stimme, das ist mein Name, von ihm ausgesprochen, und mein Name prallt an die Mauern der Geschäfte, das Thairestaurant, den winzigen Antiquitätenladen, mein Name in seinem Mund, in dieser Herbstnacht in Paris. Ich laufe schnell auf dem engen Bürgersteig, und mein Name schwebt hinter mir und verfolgt mich, und plötzlich höre ich ein Weinen. Das kleine Mädchen weint, mitgezerrt vom Vater, der sie vergisst und sie verlieren könnte. Rue d'Orsel. Ich drehe mich um, ich sehe der einzigen Liebe ins Gesicht. Das ist nicht menschlich. Diesem Mann, der lebt, ohne dass ich ihn je erwarten kann, ohne je die Hoffnung auf noch eine Geste, ein gemeinsames Lachen, einen Blick ohne Worte. Ich drehe mich um. Aus Mitleid mit dem Kind. Ich empfange Serges Blick, diesen stummen Schrei, und ich sehe, ich erkenne den Schweißtropfen an seinem Hals. Das war das Erste, was ich von ihm gesehen hatte. Nachdem er die Treppe hinaufgestiegen, mir gefolgt war, in die Wohnung Rue de Douai.

»Du musst es wissen«, sagt Serge, und seine Stimme bricht, rutscht weg. »Du musst es wissen, diese Geschichte ist nicht zu Ende.«

Da sieht er meine Verachtung, natürlich. Denn es geht nicht um uns. Die Geschichte, das sind nicht *wir*. Das ist er. Er ist allein, im Mittelpunkt von allem, er ist der Mann, der spricht und leidet. Ich bin die Frau, die zuhört und pflegt. Seit Urzeiten, so haben es die Götter bestimmt. Das kleine Mädchen zieht an seiner Hand, es friert, es quengelt, wie müde Kinder quengeln, und er nimmt es auf den Arm. Es ist bei ihm. Zwischen uns.

»Man hat mir die Papiere von Thérèse gegeben, alle Papiere, die Fotos, die Briefe …«

»Ich will nichts mehr von deiner Geschichte wissen, Serge.«

»Aber du MUSST es wissen! Alles, was ich erfahren habe, das ist … es ist unvorstellbar. Suzanne, hörst du!«

»Vielleicht, aber das interessiert mich nicht mehr.«

Ich sage es, und ich sehe sein Entsetzen, wie ein Mann, der ein entstelltes Gesicht entdeckt. Fassungslosigkeit und Abscheu. Die Kleine presst ihr Gesicht an den Hals ihres Vaters, und ich hasse sie dafür, den Schweißtropfen zu zerdrücken, ihn vielleicht zu schmecken. Sie ist an meinem Platz. Wenn ich je einen hatte. Sie ist Blut von seinem Blut. Nicht zu verdrängen.

»Wir müssen gehen, deine kleine Tochter ist müde.«

Aber ich gehe nicht. Er steht wenige Zentimeter vor mir. Er ist in Reichweite. Eine Handbewegung von mir entfernt. Und ich mache sie nicht. Danach kann ich alles überleben. Jede Einsamkeit, jede Angst und jede Anwandlung. Wenn ich gehe, ohne das Gesicht dieses Mannes in die Hände zu nehmen, meine Zunge in seinen Mund zu schieben und diesen Kuss voll Blut und Dankbarkeit lange festzuhalten, wenn ich zu dieser Kälte, dieser Unmenschlichkeit fähig bin, dann wird nichts mich mehr treffen können. Bin ich keine Frau mehr. Bin ich die Entkörperlichung. Die verzweifelte Sublimation. Eingesperrt in mir selbst, schlimmer als in einem Kloster. Wenn ich nicht das Kind aus den Armen meiner Liebe reiße, wenn ich nicht seine Haut, seine Haare berühre, wenn ich nicht seine Lider, seine Hände küsse, da, auf dem engen Bürgersteig der Rue d'Orsel, dann bin ich unbesiegbar. Schwebe ich in einer Zone, wo nichts, keine Verletzung mehr möglich ist. Ich sage ihm ein letztes Mal: Ich liebe dich. In meinem Kopf. Ich liebe dich. Ich liebe dich. Das nützt nichts. Manchmal wird die Liebe erwidert. Und man kann seine eigene Welt errichten. Manchmal ist die Liebe, sind die Worte der Liebe unmöglich. Und das Leben bleibt dieser banale Weg, voller Termine und falscher Freunde. Und sogar die Musik ist eine Grausamkeit. Er fragt mich nicht, ob es mir gut geht. Was ich mache, wie ich lebe. Er sieht mich mit der verletzten Enttäuschung des Mannes an, dem man ungerechtfertigt das Wort abgeschnitten hat. Als hätte er gerade den letzten Zug verpasst. Ich liebe ihn noch. Ich werde ihn immer lieben. Auch dann, wenn ich überhaupt kein Gefühl mehr habe, wenn alles mich verlassen hat, werde ich Serge lieben. Und seine niemals abgespulte Geschichte, höllisch wie die große Sonate. Es ist ein Rätsel, diesen egoistischen Mann zu lieben und ihn mit meinem ganzen Sein zu lieben. Es ist ein Rätsel zu lieben, was so unvollkommen und schmerzhaft ist. Ich stehe vor ihm und weine um die ganze Liebe, die ich nicht ausspreche. Die Kleine ist in seinen Armen eingeschlafen, ihr Körper ist entspannt, ihr Arm löst sich langsam vom Hals des Vaters, gleitet herab und hängt an seinem Bauch. Ihr ist kalt. Sie ist schwer. Serge wankt etwas, und ich sage mir, dass es wegen des schlafenden Kindes ist. Nicht, weil ich stumm vor ihm weine.

Da endet es. Ich bin die Frau, die sich umdreht und davongeht. Sich verläuft, zum ersten Mal. In ihrem eigenen Viertel. Ich gehe, und die Straßen, die ich hinter mir lasse, stürzen lautlos ein.

SERGE LEGT DIE SCHLAFENDE CHLOÉ auf das Sofa im Salon. Er weiß nicht, was er mit ihr machen soll. Es ist zu früh, um sie ins Bett zu bringen, vielleicht hat sie Fieber, er ruft Lucie, er überlässt ihr das Kind, er ist ohne Kraft. Er ist die Straßen, die Treppen, den Hügel von Montmartre hinaufgegangen, mit der Kleinen im Arm und diesem gewaltigen Schmerz. Immer wieder die gleiche Geschichte, die Unmöglichkeit zu sprechen. Und die geliebte Frau geht davon.

»Ich verstehe nicht, warum die Schule so früh losgeht, sie ist erschöpft, und morgens kriege ich sie nicht aus dem Bett«, sagt Lucie und streichelt die Stirn der Kleinen.

So hat sie früher mich angesehen, denkt Serge. Sie sorgte sich. Sie sorgt sich nicht mehr.

»Serge?«

»Ja?«

»Was hast du? Ist was passiert?«

»Ich habe sie von der Place des Abbesses getragen … Sie hat schon ein ordentliches Gewicht.«

Lucie sorgt sich nicht, nein. Lucie verdächtigt. Misstraut allem. Sie sagt:

»Du hattest davon gesprochen, nach London zu ziehen, jetzt … Wir haben den Schulanfang verstreichen lassen, schade.«

»Ich dachte, du willst nicht. Du hast gesagt, du willst nicht.«

»Aber jetzt möchte ich gern weg. Ich ersticke in Paris.«

»Nein, Lucie, du erstickst nicht in Paris. Du erstickst mit mir, das ist alles.«

Und Lucie, die diskrete, die wunderschöne, hält die Tränen zurück. Serge sieht es an der Ader, die an ihrer Stirn schwillt, am Rosa ihrer Wangen, den etwas zu oft zuckenden Wimpern.

»Willst du, dass wir Montmartre verlassen? In ein anderes Viertel ziehen?«

Lucie antwortet nicht. Sie sieht ihre Tochter an, und es wird eine riesige Last, zu viel Verantwortung, Präsenz, Begeisterung werden von ihr verlangt. Plötzlich fragt sie:

»Triffst du sie noch?«

»Wen?«

»Serge …«

»Nein.«

Sie schaut ihn an, als hätte er sie gerade geohrfeigt. Als wartete sie darauf, dass er es wieder tut. Sie fordert ihn wortlos heraus.

»Ich habe sie heute Abend getroffen, auf dem Platz.«

»Ach so … das ist es also.«

Chloé wacht auf, Serge ist sicher, ihre Lider zittern, sie zwingt sich, sie geschlossen zu halten, sie hört ihnen zu, ganz bestimmt.

»Was bedeutet es dir, sie wiederzusehen?«

»Gar nichts!«

»Was habt ihr gesagt?«

Serge weiß, dass seine Tochter sie hört. Dass sie versteht. Sie war in die Arme ihres Vaters geflüchtet, um ihn daran zu hindern, mit der Frau zu sprechen, deren Namen er auf der Straße rief.

»Antworte mir: Was habt ihr gesagt?«

Serge schaut Chloé an:

»Sie hatte mich nicht gesehen, da habe ich sie gerufen, ich wollte … dass sie Chloé sieht, dass sie wirklich versteht.«

»Dass sie was wirklich versteht? Was hatte sie nicht verstanden?«

Chloé öffnet die Augen. Endlich. Sie sieht ihre Eltern an. Ihre Mutter streichelt ihre Wange. Ihr Vater lächelt sie an. Sie richtet sich auf und drückt alle beide an sich. Sie sind verlegen. Gerührt. Sie möchten fliehen. Bleiben. Sich berühren. Sich prügeln vor allem. Es würde guttun, sich richtig wehzutun. Sich Hiebe zu versetzen und Spuren zu hinterlassen.

»Mein Vater hat meine Mutter geschlagen«, sagt Serge.

Und jetzt kommt es ihm vor, als verstünde er es, und dieses Verstehen widert ihn an.

»Er war ein Dreckskerl, ich habe dich angelogen.«

»Daran bin ich gewöhnt«, sagt Lucie und nimmt die Kleine in die Arme, mit der letzten Zärtlichkeit, die ihr bleibt.

Sie geht hinaus und flüstert ihr Liebesworte ins Ohr, sie spricht von Schaumbad und Bettgeschichte, sie sagt ihr alles, was sie selbst gern hören würde, Freundlichkeit, Fürsorge, kuschlige Pläne.

Serge hat eben mit ihr gesprochen, und sie hat nicht zugehört. Er hat eben das Porträt des »großen, verwitweten Chirurgen, vom Kummer gequält und von der Arbeit aufgefressen«, das er ihr immer verkauft hatte, angekratzt, und es ist zu spät. Zwischen Lucie und ihm gibt es keinen gemeinsamen Weg. Es gibt ein miteinander geteiltes Leben. Gemeinsame Momente, Beischlaf und einen gemeinsamen Namen, das Ehezubehör. Zu dem nicht mehr viel gehört, wenn die Bewunderung geschwunden ist. Die Liebe wird ein wunderbares Auto ohne Motor. Ihr geht nirgendwo mehr hin. London, Montmartre oder woanders, es ist immer derselbe Ort, der, wo ihr zusammen seid. Und zusammen leidet ihr, das ist alles. Das Leben beschränkt sich darauf, es zu ertragen, oder schlimmer: auf die Zukunft zu vertrauen. Und die Zukunft ist wie Gott, abstrakt und zu allem fähig. Sie wird es weisen. Sie ist das letzte Orakel vor der Verzweiflung.

Serge klopft an Théos Tür. Das macht er oft; seit einigen Monaten zwingt er sich, seinen Sohn zu besuchen, und das fängt immer gleich an: der Schultag, die Hausaufgaben, der Musikunterricht, Fragen, die Théo mit wachsamer Höflichkeit beantwortet. Aber heute Abend setzt sich Serge auf das Bett seines Sohnes und sagt nichts. Er würde ihn gern um Erlaubnis bitten, sich in sein kleines

Bett zu legen und dort zu schlafen. Er hat das Gefühl, das wäre beruhigend, und er ist so müde. Natürlich traut er sich nicht. Es ist schon hart genug, kein Wort zu sagen. Théo schaut seinen Vater an, seine erstaunte Traurigkeit, er hat sicher keine einzige Frage mehr zu stellen, und das verunsichert ihn ein bisschen, er kommt sicher zum letzten Mal, das ist nicht schlimm, es war ja schon gut, immerhin. Théo würde ihn gern beruhigen, er fragt:

»Tut dir etwas weh?«

»Wie?«

»Tut dir etwas weh?«

Es ist das erste Mal, dass sein Sohn so mit ihm spricht. Fast wie mit einem Freund. Serge zögert, es ist so unerwartet, aber es kommt ihm so vor, als könnte er nicht mehr aufhören, wenn er anfängt, seinen Schmerz zu gestehen, und mit welchem Recht sollte er das ein Kind tragen lassen? Damit wollte er aufhören, mit den Geheimnissen der Erwachsenen, die auf dem Gewissen der gutgläubigen Kinder lasten. Er will sich auf etwas anderes konzentrieren, und er spielt ungeschickt mit einer Figur aus *Star Wars*, einem Miniaturjedi, dessen weißes Gewand abgenutzt ist und der einer alten Frau gleicht.

»Das ist Luke Skywalker, aber ich habe sein Laserschwert verloren.«

»Aha.«

»Er bekämpft damit die Kräfte des Bösen.«

»Klar.«

Durch das Fenster sieht Serge den Garten im Licht der Straßenlaternen. In diesem Sommer hat Lucie kein Fest gegeben. Zum ersten Mal. Lucie ist eine ehrliche Frau, mit echter Freude, sie hat nicht gelernt zu tricksen.

»Als ich klein war«, sagt Serge, dann hält er inne.

Es ist das erste Mal, dass er sagt, was die anderen so selbstverständlich aussprechen. Als ich klein war, in deinem Alter habe ich. Stell dir vor, damals. Und die Ereignisse von damals ziehen vorbei, wie ein Sonntagabendfilm, es ist harmlos, und man sieht es sich immer wieder gern an, wenn man müde ist. Chloé stürmt ins Zimmer ihres Bruders, sie hält die Türklinke fest, die etwas zu hoch für sie ist, und schreit:

»Wir essen!«

»Raus aus meinem Zimmer!«

»Nein, du sollst kommen, hat Maman gesagt.«

Sie ist überhaupt nicht mehr müde, sie ist frisch nach ihrem Bad, sie hat die Frau vergessen, der Papa auf der Straße hinterhergerannt ist, sie hat Hunger, und das ist alles. Ihr kleines Gesicht ist plötzlich herrisch, sie ist schließlich im Recht, weil Maman es gesagt hat, und Serge verdächtigt sie, sich zu freuen, ihr Tête-à-Tête zu stören.

»Geh schon, Théo, mach, was deine Mutter sagt.«

Théo geht aus dem Zimmer, schubst seine Schwester und dreht sich zu seinem Vater um.

»Was hast du da gemacht?«

»Wann?«

»Na, als du klein warst!«

Chloé lässt die zu hohe Klinke los und ihr herrisches Gehabe sein, um zu hören, was ihr Papa gemacht hat, als er klein war, so unvorstellbar das auch sein mag. Serge schaut seine beiden Kinder an. Zwei schöne Menschen. Durstig nach Träumen und Märchen.

»Also … als ich klein war …«

Er sieht wieder hinaus in den dunklen Garten:

»Verbrannten wir den Winter. Am Winterende …«

Das ist so lächerlich, so unpassend, die Kinder lächeln enttäuscht und mitleidig und gehen ihr Kartoffelpüree mit Schinken essen.

Als Serge das Zimmer verlässt, tritt er, ohne es zu merken, auf Luke Skywalker.

Er geht aus dem Haus und setzt sich auf die um diese Zeit von Touristen leer gewaschenen Treppen vor Sacré-Cœur. Die Wasserverkäufer, die falschen asiatischen Brautleute, die sich, an die Statuen geklammert, fotografieren lassen, die lebendigen Statuen, die unter der dicken Schminke schwitzen, der Akkordeonspieler, der es nicht mehr erträgt, *La Vie en rose* zu spielen. Sie alle haben ihre Verkleidung an den Nagel gehängt.

Paris liegt vor Serges Füßen, tausend Lichter in der Nacht, wie Sterne am Boden. Man kann die Stadt nicht mit einem einzigen Blick umfassen. Man sieht nur das Relief und ahnt, was alles lebt, an der Seine, unter den Dächern und hinter jeder geschlossenen Tür. Da ist ein ständiger Kampf, das sind Leben, die sich auflehnen, während andere sich offenbaren, verrückte Hoffnungen und so viel verratenes Vertrauen.

Die Karmeliterinnen hinter Sacré-Cœur, die eine nach

der anderen sterben, finden kaum Nachwuchs und werden sicher verschwinden. Dann wird es überhaupt keinen Raum der Stille, keine einzige Parzelle der Ruhe mehr auf Montmartre geben.

Und Suzanne? Wo ist sie jetzt? Sie fehlt ihm. Ständig. Da ist diese Leere, die im Bauch schmerzt, dieser Druck, auch wenn er nicht an sie denkt. Mit etwas anderem beschäftigt ist. Einschläft. Sich im Stau aufregt. Einen Verkauf abschließt. Unter der Dusche steht oder mit seinem Sohn spricht. Mit seiner Frau. Seinen Freunden. Der ganzen Welt, die nicht sie ist. Die Sehnsucht bricht anfallweise aus. Sein Leben steckt in einem Schraubstock. Es tat so gut, ihren Namen zu brüllen, vorhin, auf der Straße. Er hatte diesen Schrei seit letztem Weihnachten zurückgehalten, seit der Wohnung in der Rue de Rome. Sie hatten sich leise auf Wiedersehen gesagt, im Halbdunkel, wie zwei Nachbarn. Ihren Namen brüllen. Es wird nie laut genug sein. Die Sehnsucht nach ihr ist so gewaltig, dass er oft das Bedürfnis hat, sich zu prügeln. Er spürt, dass er gemein und ironisch ist, er ist bitter und widert sich an. Wie viel Geduld haben die, die mit ihm zusammenleben! Denn er lebt nicht mit ihnen. Er lebt mit einem stummen Schrei, der ihn am Boden festnagelt.

»Wo ist die richtige Note?« Serge hört diesen Satz, der hinter ihm ausgesprochen wird. Er fährt zusammen und dreht sich um. Er steht auf, schaut sich um, wer gesprochen hat. Sacré-Cœur liegt in der Nacht wie eine Sandburg, gelb unter dem künstlichen Licht. Und es ist niemand da. Er setzt sich wieder vor Paris, die ganze

Schönheit der Welt in dieser vielschichtigen Stadt, wo sich die Lichter auf den Monumenten, den Brücken, den Zimmern, den Booten spiegeln. Es ist, als sei ein Riese oder ein Gott der Hausherr und schalte nacheinander die Lichter in den Vierteln ein, wie wenn man abends nach Hause kommt. »Wo ist die richtige Note?« Jetzt ist es ein klares Flüstern, an Serges Ohr, eine Frau, die im Vorbeigehen leise spricht. Die Tour Montparnasse beginnt zu leuchten, Serge denkt an das verlorene Jedi-Schwert, das unbesiegbare Licht. Zwei Jugendliche rennen Hand in Hand die breite Treppe hinunter, das Mädchen kreischt, dass sie Angst hat, Scheiße! Und man sieht, dass sie ihr mächtig gefällt, die Angst, die ihr der Junge macht. Serge wird von einem erschreckenden Glücksgefühl gepackt, einer heftigen und bestürzenden Empfindung. Es ist das zweite Mal, dass eine Stimme zu ihm spricht. Die erste sagte Die Schöne und das Tier, und er hat gut daran getan, ihr zu gehorchen und seinem Vater gegenüberzutreten, bevor er einen Herzinfarkt bekam und man ihm die großen Umschläge zusandte, die so viele Offenbarungen enthielten. Jetzt weiß er, dass sie über nichts gesprochen haben, Hubert und er, dass alles falsch war, aber immerhin. Serge hatte sich getraut. In die Rue de Prony zu gehen und ihm gegenüberzutreten. Obwohl er nichts wusste.

Keinerlei Gewissheit. Keinerlei Wahrheit. Kein Ort, nirgends. Aber heute Abend ist die Stimme wieder da, und es ist unwichtig, woher sie kommt. Von ihm. Von Weitem.

Von Lebenden oder Toten. Von Heiligen oder Teufeln. Er hat sie gehört, und darauf kommt es an. Die. Richtige. Note.

HIER LIEGT SIE. In der Ruhe des kleinen Friedhofs, der sich hinter den Steinmauern erstreckt. Hier haben alle geschlossene Lider und gefaltete Hände, dann verkümmern sie und verlöschen. Es gibt Tränen und Blumen neben ihren Namen. Die beiden Daten des Anfangs und des Endes, wie ein unergründliches Zeichen. Was kann man schon in diesen Daten lesen, die das Leben umschließen wie die Klammer einen Satz? Da ist das Grab von Thérèse und ihr unwirkliches Lächeln in dem kleinen Medaillon. »1929–1961«. Serge bedauert, dass Thérèse nicht mit ihm das neue Jahrhundert betreten hat. Er wünscht sich, dass 2000 auf dem Kreuz stünde, dass seine Mutter auch seine Zeitgenossin wäre; warum hat sie auf halbem Weg angehalten?

Er stellt die winzigen Boxen und den iPod auf das Grab, dessen Stein nie durch Marmor ersetzt wurde. Er hat gelbe Blumen mitgebracht, gelb wie das Musselinkleid, in dem sie so schön war, sogar als sie zum letzten Mal Liszt spielte und sich ihre Schultern zu stark bewegten. So viel Zartheit in dem Stoff an der Haut, die zitterte, und der Mut, um jeden Preis sein Leben wählen zu wollen. *Liebestraum* … Was für ein winziges Mädchen, denkt Serge. Was für eine verängstigte Lügnerin. Heilig. Verloren. Meine Mutter …

Er drückt auf Play, und die große Sonate erklingt für Thérèse, offenbart die Seele von Liszt, Gott oder Teufel, die ungelöste Entscheidung. Er erinnert sich, dass ihm Thérèse von dem Komponisten erzählte, wie ein Märchen: »Sein Vater hatte alles aufgegeben, sein Land und seinen Beruf, um sich seinem kleinen Sohn zu widmen; er wusste, dass er ein Genie war, verstehst du? Und der kleine Franz war so empfindlich! Sein Papa hatte schon seinen Sarg bestellt, einen ganz kleinen Kindersarg, so krank war er. Aber er ist sehr alt geworden, und er konnte die große Sonate schreiben. Verstehst du, Sergio, mein Schatz?«

Es gibt solche ganz kleinen Särge, solche Kindergräber auf diesem Friedhof, und die Daten auf dem Kreuz sprechen nicht immer von Jahren, manchmal nur von Tagen. Und von den Leben der Mütter, die ganz und gar in dieser Zeitspanne enthalten sind. Ihre Zeit ist nicht mehr unsere. Sie ist woanders, da, wo die Worte niemals erfunden wurden.

Serge sitzt auf dem Steingrab, ein bisschen schief, wie auf dem Bettrand, bei einer Bettlägrigen, mit der man leise plaudert. Er ordnet die Blumen, fegt die Steinchen und das Laub weg, macht die Gesten der Trauernden, und das tut ihm gut. Liszt spielt für Thérèse, das Klavier, vereint mit dem Pianisten, singt von der mystischen Auflehnung, und das Leben pulsiert wieder an diesem Ort der Abwesenheit.

Der Himmel ist der aller Friedhöfe, sanft und zögerlich, mit zarten Wolken und Kondensstreifen, mit plötzlichen Aufheiterungen und etwas Wind, mit dem Lärm der Welt, den man nicht hört. Und an diesem Himmel plötzlich *sotto voce* das Thema, das von weit her zu kommen scheint und hallt, und es grüßt diesen Himmel ohne Orientierungspunkte. Die schmalen Gräber zwischen den ebenen Wegen. Die Tage von Kummer und Kampf. Liszt löst meditativ und heftig seine Sonate auf, bringt sie dem weiten Himmel, dem leichten Wind dar, und es ist wie eine Hommage, der Respekt vor allem, was lebt. Und als langsam und ernst die letzten Noten niedergehen, weiß Serge nicht, wer gewonnen hat. Gott oder der Teufel. Aber hier hat der Kampf stattgefunden, ganz nah bei Thérèse. Und dieser Kampf ähnelt ihm.

Serge schaltet den iPod aus. Steht auf und flüstert ihr ein paar heimliche Worte zu, die, wie er jetzt weiß, nicht *wegen* ihm gestorben ist. Sondern aus Sehnsucht nach ihm. Das lange Warten in dem weißen Bett, von dem er nichts wusste. Und die Worte, die er ihr ganz leise sagt, er ist nicht sicher, ob er selbst sie versteht. Es ist nicht einfach, mit sechzig Jahren mit einer so jungen Mutter zu sprechen, einer Frau, die er so wenig gekannt hat, aber der er das Leben verdankt.

DAS IST EIN GESICHT VON PARIS, das Serge nicht kennt. Eine andere, krumm gewachsene Stadt, von uralter Armut geprägt und in der Hoffnung auf moderne Legitimität entstanden. La Villette. Er denkt natürlich an die Tiere. An den langen Zug des Viehs, das man in den Schlachthof führte, weit weg vom Vorplatz von Notre-Dame oder dem Louvre. Der Löwenbrunnen, an dem die Rinder tranken, ehe sie in der Halle, wo heute Messen stattfinden, in die Falle des Tötens gingen. Er geht über die Pflastersteine, auf denen früher Hufe dröhnten, ein Trauermarsch mit ländlichem Beiklang. Es ist 7.20 Uhr, die Novembersonne ist noch nicht aufgetaucht, es ist Nacht, auf dem Boulevard Jean-Jaurès macht der Verkehrslärm keine Pause.

Der Pförtner lässt Serge mit den ersten Stimmern ins Konservatorium. Moderne Kathedrale, weißer Bunker. Serge folgt den anderen, tut, als kenne er sich aus. Die Treppen, die Cafeteria, die Räume, in denen die Klaviere schweigen. Serge fragt, wo Suzanne an diesem Morgen arbeiten werde, man schaut ihn etwas erstaunt an, er weist unbestimmt auf den großen Umschlag, den er an sich drückt. Er hat wenig Zeit. In zehn Minuten ist sie bestimmt da, und er will nicht derjenige sein, der sie stört, sonst hätte er seinen Platz in dieser Welt ganz und gar verloren. Man zeigt ihm ein Zimmer. Er macht die Tür auf, schaltet das Licht an; es ist einfach und kahl, ein von zwei geöffneten Flügeln besetzter Raum, hier braucht man nichts anderes, man kommt nur wegen ihnen, zwei geöffneten Flügeln, ein bisschen verstimmt, wie ein unausgeschlafener Künstler, der ein paar Fingerübungen braucht, um wieder er selbst zu werden.

Die Flügel warten auf Suzanne, deshalb streichelt Serge sie, hinterlässt seinen Fingerabdruck auf dem schwarzen Lack, und vor den stummen Instrumenten denkt er an die vertrauensvollen, blöden, bald schon erledigten Tiere. Er spürt an diesem Ort noch ihren überraschten Schmerz und ihre Körper, die zitternd zusammenbrechen. Er streichelt die Kurven der Flügel und fragt sich, ob sich die Tiere eines Tages rächen werden und ob manchmal ein Pianist für sie spielt, genau hier, am Ort ihres Martyriums. Er hofft es. Dass ein Mensch alle anderen ausblendet und für sie spielt. Damit man uns vergibt, denkt er, damit man uns wenigstens ein einziges Mal vergibt.

Und er legt den großen Umschlag, der seine Geschichte enthält, ins Innere eines Flügels. Seine Geschichte, die er gerade erst entdeckt hat. Er hat »Suzanne« draufgeschrieben, und drinnen kein einziges Wort, denn jetzt wagt er nichts anderes, als ihren Namen zu schreien oder zu schreiben. Und der Umschlag wartet neben Büroklammern und Patafix zwischen den Saiten. Dieses seltsam entfremdeten Flügels.

ES IST BALD ACHT UHR, Serge läuft am Kanal entlang. Die Nacht verlässt Paris, und jeder stellt sich darauf ein zu leben.

Suzanne betritt mit ihrem Köfferchen den Saal der stummen Flügel. Ärgert sich, dass das Licht am Vorabend nicht ausgeschaltet wurde.

Serge läuft immer weiter. Der Wind trägt den quälenden Verkehrslärm von der Stadtautobahn zu ihm. In der Ferne die Metro-Hochbahn, so schön, und er ist nie damit gefahren.

Suzanne fängt mit dem Flügel ohne Patafix und ohne Büroklammern an, denn das ist ein vorbereiteter Flügel, auf dem man die generative Improvisation spielt und bei dem die Anweisung fast immer gleich ist: »Bitte Flügel so lassen.«

Warum sie?, denkt Serge. Warum muss Suzanne es wissen? Vor ihm geht der Pont de Crimée in der Mitte auf, hebt sich leicht, ein Auto wartet an der Schranke, während ein Boot vorbeifährt. Da wird die Zeit langsam, passt sich seltsam der Zeit von früher an.

Suzanne hebt den Deckel, stellt die Stange auf, nimmt die Notenablage ab, um an die Wirbel heranzukommen, lehnt sie an die Wand … Ihr Blick fällt auf den anderen Flügel, bleibt an dem Umschlag hängen. Sie geht hin, lässt hinter sich ein entblößtes, halb nacktes Instrument zurück.

Das Boot braucht eine Ewigkeit, um unter dem Pont de Crimée hindurchzufahren; seine Kraft liegt in seiner Schwere, dem Raum, den es einnimmt. Serge sieht den Autofahrer eine Zigarette anzünden, dann auf sein Lenkrad trommeln. Dieser Mann, der es eilig hat, nirgendwohin zu fahren, das war er. Gestern noch.

Suzanne öffnet den Umschlag mit ihrem Namen. Die Fotos. Der Brief des Vaters. Das alles für sie kopiert. Aus den Räumen des Konservatoriums kommen wiederholte Akkorde, Terzen, Sexten, Quarten, klappende Türen, Stimmen von Männern und Frauen, wie jeden Tag. Suzanne setzt sich auf den schwarzen Hocker.

Die Sonne taucht auf, schäbig und ohne Wärme. Das Wasser des Kanals zittert noch lange, nachdem das Boot vorbeigefahren ist, und Serge sieht sein unscharfes Bild in der Blässe des bewegten Wassers. Jetzt liest sie. Denkt er. Weiß er. Jetzt wird sie es erfahren. Er geht am Kino MK2 vorbei. An der Hauswand Filmsätze. Serge liest: Ich liebe dich. Und: Das Tier.

Es sind Schwarz-Weiß-Fotos mit gezackten Rändern, alte Fotos, die allen alten Fotos gleichen: die Posen vor dem Auto, auf dem Balkon, die Kostüme der Frauen, die Krawatten der Männer, man könnte unsere Vorfahren mit Unbekannten verwechseln, sie gleichen sich, sie kommen aus *jenen Jahren*. Dennoch. Auf der Rückseite der Fotos steht die Wahrheit geschrieben. Auf der Rückseite des ersten: »Thérèse und David 1950«. Das Paar geht Hand in Hand die Champs-Élysées entlang, sie in einem gepunkteten Kleid, er mit Bürstenhaarschnitt, die Hose ebenso breit wie sein Lächeln.

Serge verlässt das Seineufer, geht an der Rotonde de La Villette vorbei, die der seiner Kindheit, der Rotunde im Park Monceau, aufs Haar gleicht. Das einstige Zollhaus. Paris betreten. Die Stadt verlassen. Dafür bezahlen. Und sich dann fragen: Wohin jetzt?

Es gibt andere Fotos, und »Hubert« ersetzt »David«. Und ein Kind taucht auf, Neugeborenes im Strampler, Einjähriger in Pluderhosen, kleiner Junge mit pomadisierten Haaren … Mal in den Armen seines Vaters, mal in denen von Thérèse. Suzanne hatte ein anderes Bild von ihr, geheimnisvoller vielleicht, weniger groß und weniger starr. Sie hatte sich eine kleine lebhafte, leidenschaftliche Flamme vorgestellt und entdeckt eine Frau mit Haltung. Aber woran hält sie sich? Auf den Fotos, wo das Kind größer ist (und mit sorgfältiger und runder Schrift »Sergio« genannt wird) und wo Thérèse es an der Hand hält, ist sie immer etwas näher am Objektiv als er. Als würde sie gleich losrennen.

Serge geht zu Fuß nach Hause, er läuft den Boulevard Rochechouart entlang; unter der Hochbahn riecht es nach Pisse und aus den Fenstern der grauen Häuser mit den Parabolantennen jetzt schon nach gekochtem Fleisch. Dieses Viertel wird bald teuer werden, er weiß es, die Spekulation läuft schon, die Wohnungskündigungen sind schon in den Briefkästen. Ist die Avenue Mandel sehr weit? Luftlinie?

Suzanne steckt die Fotos zurück in den Umschlag. Also liebte Thérèse David, bevor Hubert sie heiratete und ihr das Klavier in der Rue de Prony schenkte. Hubert, dessen langer, kopierter Brief darauf wartet, dass sie ihn liest.

Paris, 2. Februar 1971

Serge,

Du bist zwanzig, und wir waren heute früh im Parc Monceau verabredet. Ich hatte in der Innentasche meines Mantels einen Umschlag mit den Fotos Deiner Eltern. Ich wollte, dass Du ihn in meinem Beisein öffnest, und dass wir darüber sprechen. Ich hätte Dir erzählt, wie ich Deine Mutter heiratete, als sie mit dir schwanger war, ohne dass ich es wusste. Sie liebte einen anderen Mann und hatte es mir verschwiegen. Dieser Mann, David, war damals weit weg, spielte Klavier in allen Ecken der Welt, nehme ich an, und ich möchte lieber glauben, dass er nichts von dieser Situation wusste. Nein. Das ist falsch. Ich möchte lieber glauben, dass er vor Deiner Anwesenheit und allem, was sie mit sich brachte, geflohen war.

Ich bin ein zorniger Mensch, ich bin es, seit Du sechs Jahre warst, seit dem Tag, als mir Thérèse gestand, dass ich nicht Dein Vater bin und außerdem, dass David zurückgekommen war. Ich habe es nicht geglaubt, wie soll man eine so banale und mörderische Geschichte glauben? Thérèse hat Bluttests verlangt. Die mir Unrecht gaben. Bis dahin war ich wohl ein Mann wie alle anderen gewesen, ein Mann, der unbeholfen sein Leben geplant hatte. Und eines Tages bin ich aufgewacht und habe begriffen: Ich hatte dieses Leben einfach nur *geträumt*, es hatte nichts Wirkliches, und ich hatte weder Frau noch Sohn. Ich hatte es nicht geschafft, mich aus der Falle zu befreien. Ich hatte es nicht geschafft, der zu werden, der verzeiht und versucht, geliebt zu werden. Man möchte immer derjenige sein, der vorgezogen wird, oder? Der Auserwählte von irgendwem. Aber warum eigentlich? Weil ich nicht geliebt wurde, bin ich der geworden, den man nicht vergisst.

Als ich Dich gestern im Parc Monceau traf, sahst Du ihnen so ähnlich. Deinen Eltern. Also habe ich Dir gegeben, was man immer von mir erwartet hat: Kohle. Ich habe den Umschlag mit Deiner Geschichte gegen einen anderen ausgetauscht: Fünfzigfrancscheine, bitte schön, und ich habe die Wahrheit wieder mit nach Hause genommen.

Als Du acht Jahre alt warst – ich weiß nicht, ob Du Dich daran erinnerst –, gab es eine schreckliche Szene zwischen Deiner Mutter und mir; es war während der Osterferien. Sie wollte Dich mitnehmen. Sie hatte eure Koffer gepackt, David erwartete euch, um »die Familie wieder zusammenzubringen«, sagte sie. Ich bin verrückt geworden. Bin es geblieben. Thérèse hatte nicht das Recht, Dich mitzunehmen. Wer bin ich, dass ich das fordern könnte, na? Weder Dein Vater. Noch Dein Freund. Gerade mal der Mann, der Dich aufgezogen hat. Um sicher zu sein, dass sie Dich nicht eines Tages entführt, habe ich Dich aus Paris weggebracht; ich habe Dich ins Jura geschickt, ich dachte, dort könntest Du eine Zeit lang bleiben. Aber die Zeit bedeutete nichts mehr, Thérèse starb aus Kummer, eine Mutter kann nicht ohne ihr Kleines leben. Aber wie hätte ich das wissen können? Ich hatte immer gedacht, sie würde Dich nicht lieben. Sie würde durch Dich David lieben, weiter nichts.

Ich muss Dir etwas sagen. Sicher das Einzige, was ich Dir wirklich gern sagen will. Ich habe David getötet. Ich habe seine Ermordung bezahlt. Das war nicht schwer. Er war herzkrank, und ich wusste, wie er behandelt wurde. Ich habe einen Mann teuer bezahlt, der ebenso wenig Skrupel hatte wie ich, aber viel weniger Wut im Bauch. Er war von bemerkenswerter Kaltblütigkeit. Hätte ich Dir das heute früh im Parc Monceau offenbaren sollen? Hättest Du mich dann angezeigt? Werde ich Dir diesen Brief schicken, oder werde ich meine Strafe in aller Freiheit in der Rue de Prony absitzen, in dieser Wohnung, wo ich ein paar Dinge von Dir aufbewahrt habe: das kleine Fahrrad, mit dem Du durch den Flur gefahren bist, die Knöchelchen, die sich Deine Mutter vom Fleischer geben ließ, die Notenhefte der *Methode Rose*, nach der Du Klavier gelernt hast? Eigentlich ist es mir egal. Alles ist zu Ende. Schon von Anfang an.

Zu Thérèses Beerdigung habe ich Dich aus dem Jura kommen lassen. Du warst gewachsen, Du warst ein misstrauisches und hinterhältiges Kind geworden. Ich habe beschlossen, dass ich Dich nie mehr bei mir haben wollte.

Du hast alles verkörpert, was ich falsch gemacht hatte, mein ganzes Scheitern. Du wirst es immer verkörpern.

Ich weiß nicht, ob ich Dich eines Tages wiedersehe, ob Du Dich bei mir melden wirst. Ich glaube, besser nicht. Andere Leute gehen mir auf die Nerven, und auch Du würdest mich noch wütend machen, Du hast die Macht dazu.

Ich wollte, ich hätte Dich nie wie meinen Sohn geliebt. Ich wollte, ich hätte Dich nie gekannt.

HUBERT

ICH HABE MICH MIT LUCIE VERABREDET. In einer Bar weit weg von unseren Vierteln, an der Porte de Vincennes, einem Ort, an den weder sie noch ich je zurückkehren werden und an den nichts uns je erinnern wird. Sie war sofort einverstanden. Sie ist eine Frau, sie sieht dem Schmerz lieber direkt ins Gesicht. Ich habe den Umschlag weggeworfen, auf den Serge meinen Namen geschrieben hatte, und ihn durch eine Pappmappe ersetzt. So werden die Fotos und der Brief geschont. Vielleicht ist es das, was Serge will. Dass ich an seiner Stelle das Schweigen breche, dass ich mit Lucie spreche, wie er mit mir gesprochen hat.

Der Cours de Vincennes ist aufgerissen, der Lärm der Maschinen unerträglich, und das passt gut zum Novemberhimmel, seiner grauen Hässlichkeit, die nirgendwohin führt. Wir werden es eilig haben, von diesem Ort zu fliehen.

Lucie ist da, ganz hinten im Lokal. Ihre Haare sind in einem lockeren Knoten hochgesteckt, sie stützt das Kinn in die Hände, sie ist zu vornehm für diesen Ort, aber traurig genug, um mitten am Nachmittag allein in einer erbärmlichen Bar zu sitzen. Sie zuckt zusammen, als ich mich ihr gegenüber setze, sieht sofort die Mappe. Sie weiß, dass sie das Wesentliche ist. Ich habe es eilig, fertigzuwerden. Ich schiebe ihr die Mappe hin. Sie nimmt sie nicht, sie schaut mich an wie ein Rätsel. Bestimmt fragt sie sich, wie eine Frau wie ich … Im Vergleich zu einer Frau wie ihr … Was an mir ist mehr als sie? Besser? Wo sitzt sie, die Anziehung? Was hat ihr Mann in mir gesehen, das sie nicht wahrzunehmen vermag, selbst wenn sie sich gewaltig bemüht zu verstehen, selbst wenn sie versucht, sich an die Stelle eines verlorenen, müden, ratlosen Mannes zu versetzen? Es gelingt ihr nicht. Und das ist schlimmer als alles. Es muss etwas Magisches sein, das ich nur denen gebe, die mir sehr, sehr nahekommen, und nicht mit der Erstbesten teile. Ein Geheimnis.

»In dieser Mappe sind alle Geheimnisse von Serge.«

»Ihre Briefe?«

»Wir haben uns nie geschrieben.«

Ich sehe, wie es ihr wehtut, dieses »Wir haben uns«, diese Vertrautheit, die wir hinter ihrem Rücken teilten, das Paar, das ich mit ihrem Mann gebildet habe.

»Serge hatte immer Angst, Sie würden ihn verlassen, wenn Sie sein Leben kennen … Ich meine sein Leben vorher.«

»Tatsächlich? Sie glauben, ich kenne seine Kindheit nicht? Der Tod seiner Mutter, sein verzweifelter Vater und die Internate? Wollen Sie mich lehren, meinen Mann zu kennen?«

»Serge weiß erst seit ganz kurzer Zeit, wer sein Vater war.«

Sie greift mit gereizter Autorität nach der Mappe. Sie ist mir böse. Wegen allem. Wenn sie mein Gesicht in die Hände nehmen und es gegen den Tisch schlagen könnte, hart, immer wieder, sie würde es tun. Wenn sie mich anspucken, mich an den Haaren ziehen könnte, wie es die kleinen Mädchen machen, würde es ihr bessergehen. Es wäre kindisch und heilsam.

»Serge liebt Sie«, sagte ich, und meine Ohren sind verstopft, die Worte hallen gedämpft, ich habe das Gefühl, mich zu verschließen.

Meine Sätze sind verworren, und sie wirft mir einen Blick zu, der das deutlich erkennen lässt. Ich verliere den Boden unter den Füßen vor dieser jungen, wunderbaren Frau, deren Schönheit auch Schmerz und Müdigkeit noch steigern. Ich liebe ihren Mann, ich kann nichts dagegen machen, das Leben ist eine Folge von Widrigkeiten und Missverständnissen, und man steht da, von einer Wahrheit zur anderen gerissen, und alles, was man zu machen lernt, ist Platz für die anderen, als würde unsere bloße Existenz den Weg versperren. Warum sollte Lucie diesen Mann mehr verdienen als ich? Nach welchen Kriterien und welchem Gesetz?

»Ich danke Ihnen, Suzanne. Ich werde mir das alles ansehen und darüber mit Serge sprechen, da er das will. Ich mache immer, was er will. Das ist nur etwas … ungeschickt, oder? Sie als Vermittlerin ausgewählt zu haben. Das sieht ihm gar nicht ähnlich. Wobei … Ich weiß eigentlich nicht mehr, was ihm ähnlich sieht.«

Du, du siehst ihm ähnlich, denke ich. Deine verletzte Schönheit, dein misshandelter Alltag. Aber euer Leben wird weitergehen wie vorher. Ich hoffe, du wirst ihn lieben, wie er auf diesen Fotos ist: ein Spielzeug unbedachter Eltern. Ich würde dir gern sagen, du sollst auf ihn aufpassen, aber dazu habe ich kein Recht. Ich würde dir gern sagen, dass er ein gewaltiger und wunderbarer Mann ist und dass eine einzige Nacht mit ihm die Schönheit der Welt ist. Ich würde dich gern bitten, ihm eine Nachricht zu überbringen, »etwas auszurichten«, aber was könnte ich schon ausrichten. Ich bin eine einfache Frau, ich lese es in deinen hübschen blauen Augen. Sag ihm, dass ich lange mit ihm leben werde, bis zum Ende, bis zum letzten Atemzug. Aber ich murmle:

»Also, auf Wiedersehen.«

Ich sehe ihre Enttäuschung, auch ihre Gewissensbisse, sie hat sich ungeschickt angestellt, sie weiß es. Sie weiß auch, dass sie, wenn sie *Dinge wissen* will, jetzt danach fragen muss, die Gelegenheit kommt nicht so bald wieder, und ich sehe, wie sie schwankt, das Für und Wider abwägt: Soll sie leiden und wissen oder ahnungslos sein und versuchen zu vergessen? Die Fantasie daran hindern, sie langsam aufzufressen. Und trotzdem leiden. Sie leidet bereits, und plötzlich habe ich Lust, ihr zu helfen, also verlasse ich sehr schnell die Bar, und mich empfangen die ohrenbetäubenden Presslufthämmer, die Wolken von Kohlenmonoxid und die Wut der Passanten, immer zu spät und ohne Grund.

SERGE SITZT VOR DEM KLAVIER. Er spielt. Ein Kinderliedchen, von dem er nicht wusste, dass er es kann. Es taucht unter seinen Fingern aus dem Gedächtnis auf, und er weiß nicht, wer es ihm beigebracht hat. Er wusste nicht, dass er spielen kann. Er spielt schlecht. Wie ein Mann, der wieder laufen lernt. Er zögert, stolpert und hat es eilig, wieder von vorn anzufangen. Er kennt Théos Klavier nicht. Er entdeckt seinen etwas metallischen und fernen Klang. Sicher macht er es nicht richtig, es muss einen Weg geben, es zu zähmen, mehr Sanftheit und Sicherheit; wie soll das Instrument so ungeschickten Befehlen gehorchen? Seinen Händen, die er nicht mag. Die sich dennoch öffnen, da, auf den Tasten. Er fängt wieder an, ohne sich zu schämen. So schlecht zu spielen, mit sechzig, wie ein Anfänger! Er pfeift drauf. Dieser Klang, der unter seinen Fingern entsteht. Diese Macht, die wir haben könnten, wenn wir wirklich nicht schummeln würden, wenn die Musik wirklich unseren ganzen Körper ausfüllen würde, ehe wir es wagen, die Tasten zu berühren, mit einem Elan voller Respekt, zurückgehaltener Kraft, Nuancen, Nuancen, Nuancen … Was für ein Glück, aufmerksam auf das Leben zu lauschen und zu versuchen, ihm seine wahren Farben zurückzugeben. Natürlich wird ihm das nie gelingen, und er freut sich, dass es so schwer, so unerreichbar ist. Aber warum erinnert er sich an nichts? Kein Bild von Klavierstunden, nicht mal eine vage Erinnerung an einen Nachmittag voller Langeweile, an dem er seine Tonleitern gespielt oder versucht hätte, seine Mutter zu beeindrucken. Plötzlich hört er auf zu spielen. Schließt den Deckel. »Verdammte Schlampe!« Das gelbe Musselinkleid. Und Hubert auf Knien, der Thérèse anfleht, erst am nächsten Tag zu gehen, ein wenig zu warten. Die Angst, dass sie ihn mitnimmt, sie muss Hubert schon seit Jahren in den Knochen gesteckt haben, er wusste, dass sich ihm das Leben mit jedem Tag entzog, er kannte den Ausgang.

»Warum hörst du auf?«

Serge zuckt zusammen, Théo steht hinter ihm.

»Warum spielst du nicht mehr? Willst du, dass ich es dir beibringe?«

»Nein. Das ist nett. Weißt du, ich … ich spiele sehr schlecht, es ist zu spät, um es noch zu lernen.«

»Findest du, du bist zu alt?«

»Ja, ich finde schon.«

Théo beißt sich auf die Lippen. Seine Augen sind riesengroß. Starr auf seinen Vater gerichtet. All meine Anstrengungen haben nichts gebracht, denkt Serge, er hat immer noch Angst vor mir. Und ich vor ihm. Nichts zu machen, es ist stärker als wir. Er steht auf:

»Spiel du, wenn du willst.«

Der Junge setzt sich hastig ans Klavier. Öffnet überstürzt den Deckel. Serge verlässt das Zimmer. Théo schließt langsam den Deckel. Er denkt an seine Wünsche. Schon lange schreibt er keine mehr auf. Ihm fällt nichts mehr ein.

Ich weiß, ich kann nicht so weitermachen, denkt Serge. Ich schaffe es nicht, es ist zu lang, all die Tage in diesem Haus, wo wir versuchen, uns anzunähern, wo wir versuchen, uns so wenig wie möglich wehzutun, und es trotzdem tun. Ich weiß nicht mehr, ob es Heuchelei ist oder Verzweiflung. Ich begehre meine Frau nicht mehr. Ich berühre sie und warte darauf, dass etwas in mir aufsteigt, irgendein Appetit, eine Begeisterung, aber nichts steigt auf, ich kenne die Situationen auswendig. Ja, genau das ist mein Unglück: *Ich weiß, was geschehen wird.* Im Bett mit ihr. Bei Tisch. Mit unseren Kindern. Unseren Freunden. Dieses Gefühl, dass wir alle schon tot und nur noch Fotos sind. Man sieht sich an und erstarrt, ganz aufrecht, Lächeln und Haltung perfekt. Wir gehen dabei drauf, ganz sicher. Was erwarten wir voneinander? Wissen wir es überhaupt? Und wenn man mit all dem aufhören würde? Wenn man sich von dieser schrecklichen Müdigkeit ausruhen würde, die das Bemühen kostet, sich zu ertragen, das Schwinden der Liebe und die Enttäuschung zu ertragen?

Serge lässt sich auf das Bett, die Seidendecke, den Kaschmirüberzug fallen. Cardiorythmine. Rythmine. Rythmine. Er hat David sterben lassen. Das ist es, sein Leben. Er hat seinen Vater getötet, er kommt von nirgendwo, und er hat nichts hervorgebracht. Lucie hat alles gemacht, hat die Geburt der Kinder gewollt und geplant, er schafft es nicht. Wird das endlich jemand zugeben? Er schafft es einfach nicht. »Ein Junge ein Mädchen! Der Königsweg!« Der König ist nackt. Der König ist erbärmlich.

Er macht die Kommode auf. Gut gebügelte Hemden. Nach Farben sortierte Pullover. Krawatten. Seidene Einstecktücher. Keine Geschmacklosigkeit. Das ist erschreckend. Er beschließt, nichts mitzunehmen. So zu gehen. Ihm scheint, er hätte diese Anwandlung tausendmal gehabt und sei immer wieder zurückgekommen, wie ein hungriger Köter. Aber heute ist er ein Mann, der weiß. Der seine Vergangenheit kennt. Seine Gegenwart. Und seine Gegenwart heißt: Weggehen. Unverzüglich fliehen.

ER VERLÄSST SEIN HAUS, die Hände in den Taschen, er besitzt nichts, nicht mal die Linde, die er zum letzten Mal grüßt, eine Freundin, an der er zu hängen meinte, die aber schon das verkörpert, was zu Ende ist. Er dreht sich um und steht vor seinem Haus, in dem seine Kinder spielen, ihre Hausaufgaben machen, fragen, was es heute Abend zu essen gibt. Er wird sie nicht mehr anlügen. Die Verkleidung des treuen und anwesenden Vaters, das ist vorbei, und ihm ist, als würde er sie nun, da er das Haus in der Rue de l'Abreuvoir verlässt, mehr lieben denn je. Er liebt sie in Wahrheit. Ohne konventionelle Verzierungen und ohne Opfer. *Faust* kommt wieder, *Faust* hat nie aufgehört nachzuhallen, »So wie ihr, scheid' von der Heimat Ich …« Serge ist aufgekratzt, er würde am liebsten singen. Er dreht sich um sich selbst, tanzt ein bisschen. »Ich biete allem Trutz. Dass schützet sie mein Arm!« Adieu, Rue de l'Abreuvoir mit ihren Eheversuchen, adieu, Rue de Prony, adieu, richtige und falsche Väter und Mütter, adieu, Verbrechen der einen und Schweigen der anderen; die Jahre schwinden und der Groll verblasst, man weiß nicht mehr, was genau der Kern unseres grausamsten Kummers war. Serge dreht sich um sich selbst und zieht den Himmel, das Dach seines Hauses, die Äste seines Baums mit sich; die Luft ist neu, voll mit den schüchternen Farben des Herbstes. Ich habe die Meinen in Sicherheit gebracht, denkt Serge, sie sind dort in diesem schützenden Luxus, Landleben in Paris, Paris zu ihren Füßen, und ein ganzes Leben vor sich. Oh ... was sie alles nicht wissen ... Jeder kommt an die Reihe. Ich überlasse euch den Platz! Ich renne nicht mehr. Die Stationen, eine nach der anderen, die Etappen des Wissens, der Wille durchzuhalten, blind zu sein und weiterzumachen, sich versteifen, weitermachen, leiden. Hat er ein Mal, ein einziges Mal zu Suzanne gesagt, dass sie schön ist? Hat er ihr gesagt, dass sie die erste Frau war, die sich hat lieben lassen, ohne eine Gegenleistung zu verlangen? Die ihm die Liebe als den einzigen Ort jenseits der Belanglosigkeit, der Lebenskunst und der Gegenleistung gewiesen hat? Er hat Lust, ihr eine einzige Frage zu stellen, einfach und banal: Wohin gehen wir? Und sie werden gehen.

Er hüpft die drei kleinen Steinstufen hinunter, die zum Gartentor führen. Und das Tor öffnet sich. Lucie ist da. Verstört. Die Augen nass und das Gesicht aufgelöst. Sie drückt eine Mappe an sich. Sie ist überrascht, ihn im Garten zu finden. Er ist wie vom Blitz getroffen, wie ein auf frischer Tat ertappter Mörder. Sie schüttelt mehrmals mit flehender Miene den Kopf. In wenigen Sekunden besinnt sich Serge, dass die Kinder im Haus sind, ihnen kann nichts passiert sein, nichts Schlimmes; Lucie hat manchmal solche Krisen übertriebener Empfindsamkeit. Er weiß nicht, wie er sie bitten soll, ihn vorbeizulassen, er weiß nicht, wer zuerst zur Seite treten soll, sie oder er.

»Danke«, sagt Lucie.

Sie haucht es eher, sie gibt dieses Wort von sich, als fiele es von selbst, und Serge hofft, falsch gehört zu haben. Was verbirgt sich dahinter? Wovon spricht sie? Aber sie wiederholt es, deutlich diesmal, etwas theatralisch:

»Danke.«

Serge schaut an ihr vorbei auf das offene Tor. Er zögert, Lucie wegzuschubsen und so schnell es geht zu fliehen, er ahnt die Straße, er hört die Schritte der Passanten, Lucie tritt hinter sich, ihr Fuß stößt heftig das Tor zu, Serge denkt: Sie hat die Angel kaputtgemacht. Und er findet diese Besorgnis idiotisch; was kann ihn das stören, da er weggeht? Er wird einen Schlosser bezahlen und fertig. Aber er spürt wieder seinen Schädel, der sich zusammenzieht, und den Schweiß, der seinen Rücken hinunterrinnt.

»Du vertraust mir also?«

Sie stürzt sich auf ihn, er schwankt kurz, sie schmiegt sich an ihn, den Kopf an seine Schulter. Diese Szene passt nicht zu Lucie, was spielt sie da? Was will sie von ihm? Sie hebt den Kopf und drückt einen Kuss auf seine Lippen. Er spürt nichts. Nur sein Herz, das rast, und die Mappe zwischen ihren Bäuchen.

LUCIE IST HEUTE FRÜH mit dem Fahrrad losgefahren, um Croissants und Zeitungen zu holen. Im großen Haus ihrer Eltern in La Baule schlafen alle noch. Serge joggt jetzt lieber abends, morgens steht er so müde auf, wie er abends ins Bett gegangen ist, und jede Nacht ist ein Kampf. Lucie sieht ihn, ohne dass er es weiß, mit offenen Augen und gerunzelter Stirn, er sieht aus, als sei er im Begriff, aus dem Bett zu springen, als lauere er auf irgendetwas. Wenn sie seine Hand nimmt, zuckt er etwas zusammen, immer erstaunt, dass sie nicht schläft. Er lächelt sie an, ohne sie zu sehen. Manchmal legt sie den Kopf an seinen Hals, und dann hat er diese Regung, die offene Hand auf ihr Haar zu legen, wie ein schüchterner Mann, der nichts zu fragen wagt. Der lieber nichts wissen will. Oder der darauf pfeift. Der einfach *vergessen* hat, dass das irgendeine Bedeutung haben könnte: was Lucie denkt, was sie empfindet. Und warum sie auch nicht schläft.

Lucie tritt schnell auf dem alten Fahrrad, das sie schon immer hat, mit dem sie so oft die von mächtigen, reichen Häusern gesäumten Straßen entlanggefahren ist und dann die kleinen Feldwege, die ihr Raum und so viele Träume boten. Sie erinnert sich an die Jungen, die sie geliebt haben und bei denen sie schon wusste, dass sie nicht verliebt war, das hatte sie bereits in sich, das hohe Bewusstsein der Liebe. Sie sah sich als Heldin, die auf ihre Stunde wartet, und sie empfand einen berauschenden Stolz, sich auserwählt zu wissen.

Sie hat sich nicht verändert. Sie ist immer noch überzeugt, dass ihr Schicksal außergewöhnlich ist, dass nichts sie mit dem Leben der anderen, einer gewöhnlichen Moral und einer zögerlichen Realität verbindet. Sie weiß sich mehr denn je geschaffen für ein engagiertes Leben, in dem sie Wertschätzung für sich selbst empfinden würde. Ihr Eheleben ist zu Ende. Das ist eine Gewissheit, die wehtut, die zuerst den Körper packt, die einen umklammert, als würde ein unsichtbares Wesen sie fest an sich pressen; ja, das ist es, da ist jemand neben ihr, und manchmal denkt sie, dass sie selbst es ist, die neben ihr ist, eine Art schöner Gedanke, als sei sie imstande, selbst ihre eigene Freundin und ihre einzige Herrin zu sein.

Sie sagt sich nicht mehr, dass ihr Leben gescheitert ist, wie sie es dachte, als Serge Suzanne geliebt hat. Sie sagt sich nicht mehr, dass er ihr endlich vertraut, wie als sie in der Pappmappe die Geheimnisse seiner Kindheit entdeckt hat. Serge war so fassungslos, ja, erstarrt, an jenem Nachmittag im Garten, als sie von dem Brief seines Vaters gesprochen hat. Er hatte Suzanne nie gebeten, ihr die Wahrheit zu übermitteln, und er ist nur mit ihr in das Haus zurückgegangen, um vor Suzanne zu fliehen. Er hat seinen Platz wieder eingenommen, wie ein Kind, das sich in die Ecke stellt. Dickköpfig und bestraft. Und seither leben sie gemeinsam eine gekränkte Liebe.

Es ist vorbei. Das Leben mit diesem verletzten Mann. Diesem Seiltänzer. Diesem geschundenen Kind.

Vielleicht ist das Leben mit den Männern vorbei. Ist er schlimm, dieser Verzicht? Tut es weh zu verstehen, dass unser Leben nur von uns abhängt, dass wir nicht fallen werden, wenn wir die Hand des anderen loslassen, wie diese zu hohen Pflanzen, die ohne ihre Stütze abbrechen? Ist nicht das die wahre Liebe zum Leben: ihm allein die Macht zuzubilligen, uns glücklich zu machen? Weil es schon *so viel* ist, und wenn wir leiden müssen, leiden wir, und wir werden Lust bekommen, dorthin zurückzukehren, geblendet und misshandelt von der Schönheit und der Gewalt dieser Welt.

Lucie ist am Zeitungskiosk und am Bäcker vorbeigefahren. Und dann an der Kirche und dem Marktplatz. Den Bistros, dem Hafen. Sie hat den Wind im Rücken, er schiebt sie und lässt ihr Haar wehen, sie hört die Schiffsmasten aneinanderschlagen, die kurzen Schreie der Möwen über dem Meer und den Feldern; sie weiß, dass ihre Kinder noch schlafen, unschuldig an all dem, was ihnen noch zu leben bleibt. Gemeinsam. An diesem ganz neuen Tag, der niemals wiederkommen wird.

ICH ERFUHR, DASS LUCIE Serge verlassen hatte und mit ihren Kindern in einer Kleinstadt in der Nähe von Vannes lebte, ein paar Kilometer vom Meer entfernt. Ich erfuhr es, weil sie es mir geschrieben hatte. Ich weiß nicht, ob sie mir mitteilen wollte, dass ich freie Bahn hätte, wie man so schön sagt, oder damit ich weiß, was meine Begegnung mit Serge zerstört hat. Eigentlich war es gar kein richtiger Brief, sondern eine Karte, die sie wahrscheinlich an Dutzende Personen geschickt hatte, um ihre Adressänderung mitzuteilen. Serge hat sich nie bei mir gemeldet. Ich erfuhr aus der Zeitung vom Tod seines Vaters, dem aus der Rue de Prony, dem Schreckensvater, wie er ihn nannte. Aber wer von ihnen beiden war am meisten verschreckt?

Ich habe mir ein Klavier gekauft und wieder Unterricht genommen. Ich spiele jeden Tag. Ich wollte immer Pianistin werden. Solange ich mich an meine Kinderträume erinnern kann, war es das Leben, in dem ich mich sah. Ich stamme aus einer Fischerfamilie in Le Tréport, und niemand hat verstanden, woher diese Leidenschaft rührte. Sie kommt aus der Kirche. Die Orgel in der Église Saint-Jacques, die ich jeden Sonntag hörte und die mir die Türen zu einer anderen, unbekannten, unerreichbaren Welt öffnete, die es dennoch geben musste, weil ich sie spürte. Um mich dieser Welt zu nähern, erlernte ich den Beruf der Klavierstimmerin, bei einem griesgrämigen und autoritären alten Mann, vor dem ich nach Alès floh, in eine Schule, die es heute nicht mehr gibt. Ich habe dafür ganz Frankreich durchquert, und ich habe gearbeitet, um meine Ausbildung und meine ersten Klavierstunden zu bezahlen. Dort habe ich verstanden, dass das Leben *mein* Leben werden und dem gleichen könnte, was ich liebte. Nach der Schule in Alès ging ich nach Paris, legte die Prüfung ab und wurde bei Balleron eingestellt, einem Musikgeschäft, das es heute auch nicht mehr gibt. Vieles gibt es nicht mehr. Meine Eltern in Le Tréport, die Schule in Alès, das Musikgeschäft, meine Ehe mit Antoine, meine Geschichte mit Serge.

Die Notwendigkeit, meinen Lebensunterhalt zu verdienen, hat mich vom Spielen abgebracht. Ich habe die Klaviere der anderen gestimmt, wie eine Blinde, die Augen voller Leidenschaft geschlossen. Aber heute spiele ich endlich. Ich habe erreicht, was ich mir als Kind vorstellte, als ich auf der Bank in der Église Saint-Jacques saß und die Musik von Bach sich über den riesigen Raum und mein winziges Leben legte, und oft wandte ich beim Zuhören mein Gesicht zu dem Gemälde von Aublet, *Jesus auf dem See Genezareth*, und eines Morgens flüsterte mir eine alte Frau mit ihrer dünnen Stimme zu: »Und sie führten die Schiffe zu Lande und verließen alles und folgten ihm nach.«* Einige nehmen das Meer, ich habe die Musik genommen. Ich bin ihr gefolgt.

*Neues Testament, Evangelium nach Lukas, 5, 11

Ich werde immer eine mittelmäßige Klavierspielerin sein, aber wenn Serge eines Tages erneut an meine Tür klopft und mich fragt, warum ein Klavier bei mir steht, dann werde ich es ihm erzählen. Wer ich bin.

VIELLEICHT IST ES DER WUNSCH eines Kindes. Oder der Traum eines Erwachsenen. Das Karussell auf der Place des Abbesses in der Dezembernacht, die Plane, die sich langsam hebt, die blassen Lichter und die Kinder in ihren Mäntelchen, ihren Wollmützen, die zusehen, wie die Erwachsenen an ihrer Stelle ein Gefährt wählen. Wie viele Runden dürfen sie fahren? Wie viele Fahrscheine haben sie noch, außer dem, den sie ganz fest in der Hand halten und dem Kontrolleur mit flüchtiger Erleichterung hinstrecken werden? Wie lange werden die Kinder in der Kälte des Platzes auf sie warten?

Sie werden Zeit haben, eine lange Liste von einfachen und konkreten Wünschen zu schreiben, die sie bei sich behalten können wie Glücksbilder und Zaubersprüche im Federmäppchen. Gemeinsame Momente, in denen niemand Lust hat, woanders zu sein. Sachen, die der eine erzählt und der andere sich anhört, wobei er denkt: Der ist wirklich nicht so wie die anderen, etwas überrascht, aber ohne Ironie. Tage, ohne miteinander zu sprechen, aber im selben Moment dasselbe denken, und wenn man nicht über diese Übereinstimmung lachen würde, könnte sie ein bisschen beeindrucken, und dann würde man spüren, dass es noch andere Dinge gibt. Eine Vielzahl anderer Dinge als die, die man sieht. Und man verspürte eine Furcht voller Verheißung.

Aber die Eltern drehen ihre Runden und steigen nicht ab. Sie bleiben auf dem Feuerwehrauto oder dem Holzpferd sitzen. Sie hören nicht das Lied des Karussells aus dem scheppernden Lautsprecher, der einzige Erfolg eines vergessenen Sängers oder ein Walzer von Strauß. Sie denken, dass es nur sehr wenig Besserung auf diesem Hindernisparcours und an den aufeinanderfolgenden Tagen gegeben hat, an denen jeder Augenblick der auserwählte war. Der schöne. Der hässliche. Der gute. Der schlechte. Der Vater. Der Sohn. Beides sein. Doppelt sein. Jemand werden und so wenig wagen. Das schien so lang. Und ist schon vorbei. Wozu wird es gut gewesen sein, dass sie auf die Welt gekommen sind? Dieses Toreroleben, mit dem roten Tuch winken, das Leben reizen, aber dem Schmerz ausweichen, im Staub herumtrampeln, verkleideter Hampelmann. Jetzt würden sie dem Leiden gern ins Gesicht sehen und zu ihm sagen: Einverstanden, ich nehme dich, ich akzeptiere dich, also los! Aber ihnen dreht sich der Kopf, und sicher tut ihnen der Po weh auf dem abgenutzten Kunstleder des Feuerwehrautos oder dem Sattel des Pferdes. Und welches von diesen eingemummelten, erfrorenen Gestalten ist ihr Kind? Sie sind alt. Sie würden sie gern rufen. Aber sie haben sogar ihre Namen vergessen. Da kommt die große Angst derer, die nicht wissen, wer ihnen zu Hilfe eilen wird.

Die Kinder aber wissen, dass das Karussell nach dem Lied stehen bleibt; dann werden ihre Eltern absteigen, und sie werden ihnen ein kleines Zeichen geben, damit sie sich nicht irren: Huhu! Hierher! Und auch wenn die Eltern vergessen haben, was sie für diese Kleinen hatten tun wollen und wie sie sie genannt haben, wird es nicht schlimm sein. Zum Ausgleich werden auch die Kinder vergessen, die Wunschlisten und alles, was sie von ihren Eltern erwarteten und was sie verfehlt, verpatzt, verpfuscht, verhunzt haben. Sie werden vergessen und ihre Hand nehmen. Man kann sich denken, dass sie sie dann einfach nach Hause führen, irgendwo zwischen Amnesie und Vergebung.

Ich danke Florence Marzloff und Miloud Bouteldja für ihre wertvolle Hilfe. Ich danke Aurélien Astaud-Olmi und Philippe Dodemant.

Dieses Buch erscheint im Rahmen des Förderprogramms des französischen Außenministeriums, vertreten durch die Kulturabteilung der französischen Botschaft in Berlin.

Liberté • Égalité • Fraternité
RÉPUBLIQUE FRANÇAISE

AMBASSADE DE FRANCE
EN
REPUBLIQUE FEDERALE
D'ALLEMAGNE

BUREAU DU LIVRE

Titel der Originalausgabe: *Nous étions faits pour être heureux*
Umschlaggestaltung: Geviert, München
Typografie + Satz: www.frese-werkstatt.de
Druck und Bindung: CPI – Clausen und Bosse, Leck
ISBN 978-3-88897-927-9